Tiara Label

ティアラ文庫

灼熱愛

美しき姫は砂漠に乱れ舞う

伊郷ルウ

presented by Ruh Igoh

JN286808

プランタン出版

イラスト／城之内寧々

目次

※本作品の内容はすべてフィクションです。

第一章　王が見初めた美しき姫君

青々と広がる空には灼熱《しゃくねつ》の太陽が輝き、熱に焼かれた白い砂が乾いた風に舞う砂漠の外れに、ムハマンド国王が統治するザファト王国はあった。

領土は小さいものの、かつては潤沢《じゅんたく》な石油で栄華を極めたアラブの王国だ。けれど、石油が涸《か》れた今は華やかなりしころの活気は消え失せ、国民たちは困窮《こんきゅう》に喘《あえ》いでいる。

王国の象徴でもある王宮の外観はかろうじて保たれているが、それまでところ狭しと飾られていた眩《まばゆ》いばかりの装飾品の数々は、すっかり消えてなくなっていた。

（王宮ですら維持できなくなっているのか……）

賓客《ひんきゃく》としてムハマンド国王に迎えられた、アズハール・ビン・サリーム・アル＝クライシュは、細い脚がついた杯《はい》を傾けながら胸のうちで重苦しいため息をもらす。

アズハールはアラブ一と謳《うた》われる大国、クライシュ王国の若き国王だ。先王の急逝《きゅうせい》によって二十四歳で即位し、かれこれ二年になる。

アズハールが最初にザファト王国を訪れたのは、今から三年前のことだった。先王である父親が健在のときで、ムハマンド国王の即位二十年を祝う式典に招かれてのことだ。

盛大な式典が執《と》り行われ、この大広間で宴会が催《もよお》された。何百人という招待客が集った賑《にぎ》やかな宴は、東の空に太陽が昇るまで続いたものだ。

大理石で造られた半球形の天井や太い円柱、唐草模様の赤い絨毯《じゅうたん》が敷かれた床はあのころのままだが、贅《ぜい》の限りを尽くした煌《きら》びやかな大広間の印象はすっかり失せている。

変わらぬ広さの大広間で、ムハマンド国王を相手に酒を飲んでいると、熱砂の国でありながら寒々しく感じてしまうほどだ。

衰退の一途を辿るザファト王国を目の当たりにするのは、同じく産油国として栄えてきたクライシュ王国の国王として、アズハールは感慨《かんがい》深いものがあった。

「ふぅ……」

杯を空にして小さく息を吐き出し、意味もなく膝を立てている脚を組み替える。

わずかな動きに、足首と手首を飾る黄金の輪がシャラシャラと音を立てた。

ザファト王国は貧しい国になってしまったが、招いてくれたのは一国の王であり、アズハールは当然のごとく純白の盛装《せいそう》をしてきた。

上質な絹地で仕立てた長衣の上に長いローブを羽織り、同じ絹地のクーフィーヤを被っている。

ローブの襟《えり》から裾を彩るのは、贅沢《ぜいたく》な金糸の刺繡《ししゅう》だ。背を覆うほど長いクーフィーヤは三重にした金色のイカールで留めてあり、腰には繊細な飾りを施した黄金の鞘《さや》つきベルトを巻いている。

鞘に納められているのは盛装用の短刀で、短くて太い柄《つか》にはたくさんの宝石がちりばめられていた。

クーフィーヤから覗く黒髪、黒曜石《こくようせき》を思わせる魅惑的な瞳、艶《つや》やかな肌、そして、がっしりとした身体に、豪勢な純白の盛装がよく映えている。

大理石の床に敷かれた流麗《りゅうれい》な唐草模様の赤い絨毯に、杯を手に片膝を立てて座る堂々としたその姿には、大国の王としての風格が備わっていた。

「遠慮せず飲んでくだされ」

アズハールと同じく盛装をしているムハマンド国王が、ベールですっかり顔を隠した女官に酌《しゃく》をするよう促す。

酒器を掲げて静々と歩み寄ってきた女官が目の前に跪《ひざまず》き、無言でアズハールの杯に酒を満たしていく。

女官の数も驚くほど少ない。大広間への出入りが多く、はっきりとした数はわからないが、数十名といったところだろう。

それに、目の前に置かれた銀の大皿には、幾つもの料理が並べられているが、自国の食事に比べれば貧相《ひんそう》なものだ。台所事情が皿から見て取れる。

他国の援助なしに、ザファト王国の存続は叶わないだろう。ムハマンド国王からの急な招きが解せなかったアズハールも、ここにきてようやく彼の目的が理解できた。

産油国であると同時に、交易で莫大な財を築いてきたクライシュ王国が、小国のザファト王国を救うのは容易《たやす》い。

あまりにも唐突にムハマンド国王から届いた招待状には、援助を望む気持ちが強く込められているに違いなかった。

「恥ずかしながら、この程度のもてなししかできませぬが、酒だけはたっぷりと用意しておりますので」

五十歳をとうに過ぎているムハマンド国王が、年若い他国の王に対して丁重に接してくるのも、己《おのれ》の立場をわかってのことだろう。

「少しばかり退屈ですな、舞いのひとつでも……」

本題に入る前にできるかぎりのもてなしをしようと考えているのか、彼が高く挙げた両手を打ち鳴らす。

「舞いの準備を」

ムハマンド国王の命に、先ほど酌をしてくれた女官が恭《うやうや》しく頭を下げて大広間をあとにする。

宴《うたげ》に音楽や踊りは不可欠とはいえ、王宮専属の楽団や踊り子を抱えている余裕はザファト王国にはないはずだ。

自分の機嫌を取るために雇《やと》ったのだとしたら、たとえ少額であっても無駄に金を使うムハマンド国王はあさはかとしかいいようがなかった。

（自国の状況を把握しているのかいないのか……）

ザファト王国とのつき合いは古く、これまで一度も争い事が起こっていない。とくに今は亡きクライシュ王国の先王は、ムハマンド国王と親交が厚かった。

国を統《す》べる国王を筆頭に、王族たちも贅沢な暮らしを封印しているのであれば、救いの手を差し伸べてもかまわないと思っていたが、にわかにその考えが揺らぎ始める。

「踊り手としてはなかなかの腕前ですぞ」

ムハマンド国王から声をかけられ、物思いに耽《ふけ》っていたアズハールがふと我に返って視線を正面に向けると、ひとりの踊り子が小走りで入ってきた。

金の縁取りがされたフェイスベールをつけ、金細工の飾りを額《ひたい》に垂らし、銀糸で織り上げたベールで全身を包み込んでいる。

腰まである緩《ゆる》やかなウェーブがかかった赤茶色の髪が、彼女の動きに合わせて艶やかに波打った。

彼女のあとから、弦楽器《げんがつき》のウードと打楽器のダラブッカを手にした老齢の楽師が続いてくる。こちらはなんともゆったりとした足取りだ。

纏《まと》っているベールを両手で押さえている踊り子が大広間の中央に立ち、少し離れた場所で床に腰を下ろした二人の楽師が楽器を構える。

（なぜあのような姿で……）

踊り子は舞いの最中に、大きなベールを小道具として使うことがある。彼女が身体に巻きつけているのは、たぶんそうしたベールと思われる。けれど、身体全体を隠すようにして現れたのが理解できない。

見えているのが目元だけという異様な出で立ちの踊り子に、アズハールは興味深い視線を向けた。

「クライシュ王国のアズハール陛下だ」

一国の王が踊り子に声をかけるなど珍しく、思わず視線を隣に移す。

「第五王女のリアーヌです」

さらなる言葉に衝撃を受けた。

身内の集まりならば別だろうが、踊り子の姿をした王女が客人の前で舞ったという話など、一度も聞いたことがなかった。

(いったい、なぜ……)

不思議に思いつつ彼女を見つめる。

先の式典にはザファト王国の王女たちも全員出席していたが、その後の宴には姿を現さず、ひとりとして言葉を交わしていない。

式典中に彼女たちに目を向けることもあったが、みな遠く離れた場所にいただけでなく、フェイスベールをつけていたため、顔はまったくわからなかった。

客人の前で舞いを披露する王女とは、どのような娘なのだろうかと、にわかに興味が湧いてくる。

「あれは歌と舞いだけが取り柄でしてな」

リアーヌを指さすムハマンド国王の言葉尻は、どこか刺々《とげとげ》しく感じられた。

相対する人間の言動に敏感なアズハールは、普段であれば間違いなく彼の口調に違和感を覚えている。

けれど、登場した踊り子が王女だと知った衝撃が大きく、今はすべての注意がリアーヌに向いてしまっていた。

「ザファト王国第五王女のリアーヌと申します。陛下にお目にかかれましたこと、光栄の至りでございます」

リアーヌが身体に巻きつけていた薄絹を両手でサッと広げ、軽く膝を曲げて恭しく頭を下げた。

(なんと……)

新たな驚きに息を呑む。

薄絹の下に纏っていたのは、肌も露わな踊り子の衣装だった。細い肩紐《かたひも》で吊っている胸当ては小さく、豊かな乳房が今にも零《こぼ》れ落ちそうだ。

腰に小さな宝石をちりばめたスカートは、両脇に深いスリットが入っていて、細い脚が覗いている。

首飾り、腕輪、足輪のすべてに、ちょっとした動きにも揺れる繊細な金の飾りが施されていた。

衣装自体は踊り子らしいとはいえ、驚きに値《あたい》しない。思わず息を呑んだのは、リアーヌの肌の色だ。西洋の血が混じっていることが容易に察せられるほど、彼女の肌は白い。

クライシュ王国は交易が盛んで、西洋人との交流もある。白人を見たことがないわけではなく、西洋人と見紛《みまが》う肌をした踊り子が、ザファト王国の王女であるという事実に衝撃を受けたのだ。

「白い肌が珍しいようですな」

声もなくリアーヌを見つめていたアズハールは、小さな笑い声を立てたムハマンド国王に視線を戻した。

「ご夫人が西洋の方で？」

「あれは母親に瓜二《うりふた》つでしてね……」

問いかけに大きくうなずき返してきたムハマンド国王が、つぶやきながらチラリとリアーヌを見やる。

娘に向けるにしては冷ややかに感じられる視線を不思議に思いながらも、アズハールは改めて彼女へと目を向けた。

フェイスベールをしているため、はっきりと顔立ちはわからないが、ムハマンド国王が見初めた西洋の女性が産んだ娘であれば、さぞかし美しいことだろう。

熱砂の国に生まれた白い肌を持つ王女にことのほか興味が募り、リアーヌから目が離せなくなる。

「他にも白い肌をした王女がおられるのか？」

「いえいえ、母親はあれを産んで間もなく他界したものですから、あれひとりです」

「砂漠に暮らす白い肌の王女とはなかなか興味深い……ヴェールを外して顔を見せてくれないか？」

アズハールの要求に動揺したのか、リアーヌの細い肩がピクリと動く。

クライシュ王国同様、ザファト王国でも未婚の女性は男性に素顔を見せないという風習がある。

アズハールがそれを忘れるはずもなかったが、どうあってもリアーヌの顔を見たい衝動に駆られたのだ。

「なにをしている？　早く陛下に顔をお見せしないか」

ムハマンド国王から命じられ、躊躇《ためら》っていたリアーヌが伏し目がちに両手を頭の後ろに回し、紐を解いてフェイスベールを外した。

「陛下はおまえの顔が見たいと仰っているんだ、項垂《うなだ》れていたのでは見えないだろう」

父親からのきつい言葉に、彼女がおずおずと顔を上げる。

顔全体が露わになり、影を落とすほど長い睫《まつげ》に縁取られた大きな瞳が際だつ。彫りが深く、筋の通った形のよい小振りの鼻、うっすらと紅が差す薄い唇、尖ったあご、西洋画に見る可憐《かれん》な乙女を彷彿とさせた。

「ほう……」

あまりの美しさに思わずため息をもらしたアズハールは、恥じらいにほんのりと頬を染めているリアーヌをしげしげと見つめた。

どうやら彼女は肌の色だけでなく、顔立ちにも母親の血を強く受け継いでいるようだ。父親であるムハマンド国王の面影《おもかげ》はいっさい感じられない。彼の娘であることが信じられないくらい、リアーヌは西洋人そのものの顔立ちをしていた。

「肌の白いそなたと連れだって歩いたら、注目の的になりそうだ」

これほどまでに美しい娘を振り返らない者などいない。さぞかしムハマンド国王はリアーヌを自慢に思っていることだろう。そう思っての褒め言葉のつもりだったのだが、なぜか彼女は表情を曇《くも》らせた。

「確かに誰もが肌が白く西洋人の顔をしたあれを珍しがるでしょうな」

意味ありげにムハマンド国王が笑い、彼女が恥じたように項垂れる。

「踊り子の衣装が似合うのはアラブの血が流れていてこそだと思っていたが、そなたのような白い肌も映えるものだな。我が国の男たちにも見せてやりたいものだ」

リアーヌの反応を不思議に思いつつもさらに声をかけると、ますます彼女は深く頭を垂れてしまった。

（まあ、しかたないか……）

ハレムで暮らす王の家族たちは、人前に出る機会がきわめて少ない。

まだ若いリアーヌは身内以外の男性と接したことがない可能性があり、初めてのことに戸惑っているのかもしれなかった。

「いつまでも突っ立っていないで、早くおまえの得意な舞いを始めたらどうだ？」

急かすように両手を打ち鳴らした父親を、リアーヌが唇を嚙《か》んで控《ひか》えめに見返す。

アズハールはここにきてようやく、娘に対する彼の態度が妙《みょう》なことに気づいた。

（美しい彼女を愛でているからこそ俺に紹介したのではないのか？　まさか見せ物にするつもりで……）

外したフェイスベールをつけ直している彼女から、杯を傾けているムハマンド国王へとさりげなく視線を移す。

歌や踊りが好きな王女がいてもおかしくない。王女であるリアーヌの舞いを披露することは、ムハマンド国王にとって最高のもてなしなのだろうと思っていた。

　そして、踊ることが好きな彼女も、父親、ひいてはザファト王国のために喜んで舞いを披露するつもりでいるのだろうと、アズハールはつい先ほどまでそう考えていた。

　しかし、どうやらそれは間違っていたらしい。娘に向けるムハマンド国王の言葉は、あまりにも冷たすぎる。

　愛娘の舞いを披露してこちらの機嫌を取ろうとしているのではなく、踊り子に支払う報《ほう》酬《しゅう》を惜しむムハマンド国王は、珍しい見た目のリアーヌを宴の余興《よきょう》に投じたように感じられた。

　酒が入ったところで彼女が現れれば、間違いなく普通の男は稀有《けう》な容姿に目を奪われ、ムハマンド国王の思惑《おもわく》にまで思いが至らないはずだ。単純に白肌をしたリアーヌを珍しがり、舞いを見て喜ぶことだろう。

（彼が娘を疎《うと》む理由とは……）

　自らが援助しようとしている国の王女のことだけに、リアーヌが気になってきたアズハールは、なに食わぬ顔で杯を傾けながらも、あれこれ思いを巡らせていた。

「いくら舞う姿が美しくても、西洋の娘は気が強くてかなわん……」

　ウードとダラブッカの調べに乗せて、細い身体を妖しくくねらせ始めたリアーヌを眺《なが》めるアズハールの耳に、ムハマンド国王の後悔めいたつぶやきが聞こえてきた。

彼がどういった経緯で西洋の女性を妻に迎えたのだろうか。すでに他界しているとのことだが、亡くなった妻に対する未練のようなものは彼から感じられない。

ひとり娘に対する父親らしからぬ態度を見ていると、あまりよい夫婦関係ではなかったように思える。

（少し調べてみるか……）

ムハマンド国王とリアーヌの関係に、ことさら興味を覚えたアズハールはここに招かれた理由も忘れ、妖艶《ようえん》な舞いを食い入るように見つめながらリアーヌのことを考えていた。

第二章　妃に選ばれて

ザファト王国で唯一《ゆいいつ》、栄華を極めたころの姿を留めている謁見《えつけん》の間に、ムハマンド国王の娘たちが集められていた。

現在、ムハマンド国王には二十人の子供がいる。そのうちの半分は王女で、二人はすでに嫁《とつ》いでいた。

残る八人は、十二歳から二十歳と年齢に幅があるが、全員がいつ嫁いでもおかしくない年齢である。

十八歳になるリアーヌには四人の姉がいる。嫁いだ二人の姉とは歳が離れていたが、残る二人の姉とは年齢がさほど違わない。

本来であれば、歳の近い娘たちは仲良くなりそうなものだ。けれど、ムハマンド国王の夫人と子供たちは、それぞれがハレムに設けられた各宮で暮らしていて、冠婚葬祭《かんこんそうさい》のときくらいしか顔を合わせないため、言葉を交わす機会すら稀《まれ》にしかなかった。

「よいか、よく聞け」

壇上《だんじょう》に置かれた玉座に座るムハマンド国王のひと言に、彼の前に整列している八人の王女たちがいっせいに顔を上げる。

国王の命により、王女たちは全員が着飾っていた。王女が盛装する際は、チョリと呼ばれるボレロに長いスカートを合わせるのが決まりだ。

ヘソも露わな丈《たけ》の短いチョリは胸元の開きが深く、肩から二の腕までを覆う緩《ゆる》やかな袖があり、襟や裾に好みの飾り刺繍を施す。

くるぶしを隠す長さのスカートは、軽やかな薄絹を何枚も重ねてボリュームを出し、金細工の腰飾りを巻く。

本来はフェイスベールをつけるのだが、今日に限っては不要との申し伝えがあり、みな素顔をさらしていた。

贅沢が許されなくなっているとはいえ、王族らしさを失わないだけの衣装や装飾品は残されているため、王女たちはみな耳飾り、首飾り、腕輪、足輪で飾り立てている。

久しぶりに八人の王女が盛装で勢揃いした今日は、謁見の間にかねての華やかさが戻ってきたかのようだ。

「間もなくクライシュ王国のアズハール陛下がお見えになり、おまえたちの中から妃《きさき》をひとり選ばれることになっている。陛下が誰を選ぶかはおまえたち次第だ」

ムハマンド国王が言葉を切るなり、王女たちが顔を見合わせた。

「わたしたちの誰かがアズハール陛下の妃《きさき》に？」

「あの大国の王妃になれるの？」

「クライシュ王国の王妃になれれば、もう貧しい思いをしなくてもすむわ」

義姉妹たちの潜めた声が、静かな謁見の間に広がっていく。

王女とは名ばかりの今の生活から、彼女たちは一刻も早く抜け出したいと思っている。相手など誰でもいいから、母国より裕福な国の王子に嫁ぎたいと、それだけを願ってきた。とはいえ、望むような縁談がそう容易く転がり込んでくるわけもなく、以前とは比べものにならないハレムでの質素な生活を渋々ながら送ってきた。

それが、巨万の富を持つクライシュ王国の王妃になれるかもしれないというのだから、なぜ縁談の話が降って湧いたかなど気にすることなく浮き足立っている。

「アズハール陛下がお見えになるってわかっていたら、もっと素敵なドレスを着てきたのに……」

「これでは見劣《みおと》りしてしまうわ」

王女たちは互いの姿を見比べながら、しきりに髪や装飾品を弄《いじ》り出す。そうした中、複雑な思いがあるリアーヌは、ひとり口を閉ざしていた。

ザファト王国を出たい気持ちは、他の王女たちと同じくある。けれど、貧しい暮らしから脱したいのではなく、父であるムハマンド国王のそばから離れたい思いからだ。

リアーヌの母親は、ムハマンド国王が気まぐれから妻にした西洋人の女性で、まったく顔を知らずに育った。

まるでさらうかのごとくザファト王国に連れて来られ、拒《こば》む間もなく身体を奪われて子を宿し、出産後の鬱《うつ》状態から抜け出せないまま自ら命を絶っている。

遺書めいた書き置きに夫に対する恨《うら》みが綴《つづ》られていたため、ムハマンド国王は自分を恨んでいた妻の娘という理由だけで、罪もないリアーヌを疎んできたのだ。

母親はもちろんのこと、父親にも愛された記憶がないばかりか、白い肌であるがゆえに王宮内では常に陰口を叩かれ、虐《しいた》げられてきた。

他の王女たちと親しくないのは、滅多に顔を合わせないことに加え、疎外《そがい》されているからだ。

好きで生まれてきたわけでもないのに、ムハマンド国王の血が流れているために王女として扱われ、ハレムに閉じ込められてきたリアーヌは王宮での暮らしに辟易《へきえき》している。楽しみは歌と舞いくらいのものだ。踊っているときは、嫌なことのすべてを忘れて無心になれた。

もしハレムを出ることが叶うならば、踊り子として他国で暮らしてもいいと思うことすらあった。

アズハールの妃選びは、ハレムを出る絶好の機会だが、きっと真っ先に候補から外されるだろう。大国の王である彼が、西洋人の血が混じっているような王女を娶《めと》るわけがないのだ。

仮に妃に選ばれたとしても、素直には喜べない。たとえ国王の決定であっても、クライシュ王国の人々が肌の色が異なる妃など受け入れてくれるわけがなく、今以上に辛《つら》い思いをする可能性がある。

なにより、アズハールの妃になることに、リアーヌは戸惑いがあった。これまで誰にも打ち明けたことはないが、彼は生まれて初めて恋心を抱いた相手なのだ。

三年前、父王の即位二十年を祝う式典で、当時のクライシュ王国の王に同行してきた彼の姿を、今でも鮮明に思い出すことができる。

「あの方がクライシュ王国のお世継ぎのアズハール王子ですって」
式典の主役であるムハマンド国王が座る玉座の斜め後方で、一列に並んで席に着いてい
る王女のひとりが、並んで座る王女と話しながら前方を指さす。
リアーヌが何気なく目を向けた先には、まるで光を放っているかのように、そこだけが
浮き上がって見える場所があった。
光の中心にいるのは端整《たんせい》な顔立ちの若い男性で、白い盛装をした彼はとても華やかな風《ふう》
貌《ぼう》をしている。
現国王と参列しているのか、彼の隣には面立ちがよく似ている、恰幅《かっぷく》のいい老齢の男性
が座っていた。
（クライシュ王国のお世継ぎ……）
アズハールは華麗な容姿をしているだけでなく、大国の次期王に相応《ふさわ》しい威厳があり、
ひと目で惹《ひ》きつけられてしまう。
（なんて素敵なの……）
ただそこにいるだけなのに、彼はキラキラと輝いて見え、こんなにも魅惑的な男性が世
の中にいたことに衝撃を受けると同時に、胸が激しく高鳴ってきた。

ときおり父親であろう男性と顔を寄せ合い、言葉を交わしている。端整な顔に浮かぶ笑みはとても優しげで、アズハールから目が離せなくなった。

(なんだか、やけに熱いわ……)

彼を見ているだけで、わけもわからず頬や耳が火照《ほて》ってくる。

手にしている扇《おうぎ》をさりげなく広げ、素知らぬ顔で自らに風を送りながらも、リアーヌは式典のあいだ中、アズハールを見つめていた。

あの式典で目にしたアズハールに、ひと目で恋に落ちた。リアーヌにとって、まさに初恋だ。

あれ以来、脳裏に焼きついた彼の姿は消えることなく、叶わぬ夢と知りつつも、彼の妃として迎えられ、二人で過ごす日々を思い描いてきた。

だから、ムハマンド国王から舞いを披露するよう命じられたあの日は、どうしても大広間に行きたくなかった。

舞うことは大好きだ。父王も舞いの腕前だけは認めてくれていて、幾度《いくど》か踊ってみせたことがある。それが、まさか遠方からの賓客、それも、アズハールの前で踊るともなれば気持ちは揺らぐ。

恋してきたアズハールに再び会える喜びはなく、己の姿を晒《さら》す恥ずかしさしか感じていなかった。

それでも、父王の命に背くことなどできるわけもなく、鬱々とした気分のまま大広間に向かい、彼の前に立ったのだった。

なにも言わず、ただ舞いを観賞してくれれば、そう願っていたにもかかわらず、アズハールは女官や楽師たちのいるところで、白い肌を揶揄《やゆ》するような発言をしてきた。

珍しがられることには馴れている。それでも、恋い焦がれてきた彼から、あからさまに白い肌を指摘され、奇異の目で見られたリアーヌは、恥ずかしい思いをしたのはもちろんのこと、深く心を傷つけられた。

妃に選ばれることはないだろうが、仮に選ばれたとしても素直に喜べないのは、心の傷がまだ癒《い》えていないからだった。

(どうせ私を選んだりしないのだから、心配する必要なんてないわ)

期待に胸を弾ませている義姉妹たちを、リアーヌは冷めた思いで見つめる。

「陛下、アズハール国王陛下のご到着でございます」

下臣の声が謁見の間に響き渡り、王女たちに緊張が走った。

「いらしたか」

玉座からすっくと立ち上がったムハマンド国王が、壇上から降りてくる。玉座から扉へ続く緋色《ひいろ》の絨毯の上を、長いローブの裾を翻しながら、足早に歩いていく。

国王自ら他国の王を出迎えるなど、本来は考えられない。それだけ、ムハマンド国王にとって、アズハールの存在が大きいということだろう。

年若い他国の王にへつらう父親の姿に、王女たちはようやくこの謁見には裏があると感じ取ったようだ。

「もしかして政略結婚なのかしら？」

「父上はアズハール陛下に私たちの誰かを差し出すつもりだったのね」

「でも、アズハール陛下の妃になれるなら、政略結婚でもなんでもかまわないわ」

我こそクライシュ王国の王妃と考える王女たちのヒソヒソ声が、リアーヌの耳にも聞こえてくる。

改めて考えてみれば、あまりにも突然の妃選びには特別な理由があるはずなのだ。

ザファト王国が危機的状況にあるのは誰の目にもあきらかだ。アズハールが自ら貧しい国の王女を娶ったところで、クライシュ王国にはなんの利益も生じない。

だから、これは取引なのだ。自国の存続を願うムハマンド国王が、大国の王であるアズハールに援助を求める見返りとして王女を差し出すことにしたに違いない。

政略結婚自体は歴史的にも珍しくないことだが、嫁いだ王女が幸せになれるかどうかの保証はない。

それでも、衰退《すいたい》の一途を辿るザファト王国で暮らすよりは、裕福なクライシュ王国の王妃となる道を選びたいのが王女たちの本音といえるだろう。

「ようこそおいでくださいました」

アズハールを歓待するムハマンド国王の声が、扉の向こうから響いてくる。

なにげなくリアーヌが振り返ると、王女たちがいっせいに身体の向きを変えた。

「さあさ、こちらへ」

先にムハマンド国王が姿を現し、続いて従者を率いたアズハールが入ってくる。

リアーヌは彼の心ない言葉に傷ついていながら、初めて目にしたあの日と変わらない艶やかな姿に、つい目を奪われてしまう。

黒ずくめの従者の先頭に立つ彼が、腰に携えた美しい短刀に片手を添え、胸を張って歩く姿は凜《りん》としていて、後光が差しているかのように彼だけが輝いて見える。

黄金色に光るイカールで留めた純白のクーフィーヤ、そして、豪奢《ごうしゃ》な刺繍が施された同じく純白の長いローブが、ゆったりとした歩みにもかかわらず、風に吹かれたかのように柔らかに翻った。

「はぁ……」

アズハールの姿を目にした王女たちから、深いため息がもれる。

クライシュ王国での贅沢な暮らしが約束されているだけでなく、夫となる相手が群を抜いて素敵なのだから、これほど嬉しい婚姻はないだろう。

常に控えめであれと教えられてきているというのに、にわかに色めき立った王女たちは、我先にとアズハールに歩み寄っていく。

「アズハール国王陛下にはご機嫌麗しく……」

クライシュ王国に嫁ぐのは自分だと言わんばかりに、真っ先に挨拶をしたのはリアーヌと二つ違いの第三王女、ミルディナだ。

二十歳になる彼女は、まだザファト王国が裕福なころに、王か王位継承権が第一位の王子にしか嫁がないと言い張り、周りが勧める縁談を断り続けていた。

しかし、ザファト王国はあれよあれよという間に困窮していき、貧しい国の王女などに誰も見向きもしなくなったことで、婚期を逃してしまったのだ。

未婚の王女たちの中でも人一倍、焦りがあるミルディナは、女性から男性に話しかけるのは慎《つつし》みがないとされているにもかかわらず、さっそくアズハールに自ら売り込みを始める。

「陛下、第三王女のミルディナでございます。長い旅でお疲れになられたのではありませんか？　どうぞ、こちらへ」

大胆にもアズハールの腕を取ったミルディナが、賓客のために用意された猫脚を持つ優雅な黄金色の椅子へと導いていく。

「アズハール国王陛下、お目にかかれて光栄でございます。私は第四王女のサーティと申します」

負けじと前に出て行ったサーティが、アズハールを挟む形でミルディナに並ぶ。

彼女たちは母親が同じ実の姉妹で、とても仲がいい。しかし、今日ばかりは敵対心を剝《む》き出しにしていた。

王女らしからぬ不躾《ぶしつけ》な態度を取る二人の娘を前に、ムハマンド国王は見て見ぬふりをしている。

アズハールに気に入ってもらおうとする娘たちの気持ちを、父親として理解しているのかもしれない。

「アズハール陛下、お座りになってくださいませ」

ミルディナに椅子を勧められたアズハールが、長い衣の裾を優雅に捌《さば》きながら無言で腰を下ろす。

（どうしましょう……）

リアーヌは困り顔でアズハールを取り囲んでいる王女たちを見やる。

クライシュ王国に嫁ぎたい彼女たちとは異なり、王妃になることを自分は望んでいない。ましてやアズハールが自分を選ぶはずがないとわかっているのに、媚《こ》びを売るような真似などしたくなかった。

けれど、ひとりだけ離れた場所でポツンと立っているのは、あまりにも不自然すぎる。

王女たちの輪に加わるべきか、素知らぬ顔をしているべきかを迷っていると、アズハールが急に大袈裟《おおげさ》な咳払いをした。

それまで売り込みに必死だった王女たちが口を噤《つぐ》み、リアーヌはどうしたのだろうかと彼に目を向ける。

「そなたたちの顔をよく見てみたいのだ、一列に並んでくれないか？」

低いけれどよく通るアズハールの声が、広い謁見の間に響き渡った。

王女たちはそそくさと彼の前で横一列に並ぶ。いつもであれば当然のように年齢の順に並ぶ彼女たちも、今日に限っては違っていた。

誰よりも早くミルディナがアズハールの正面に陣取り、彼女の両脇にサーティとリアーヌの義妹になる第六王女が立つ。

遅れを取った残りの王女たちも順々に並んでいき、残るはリアーヌだけだ。一列に並んで品定めをされるのかと思うと気が重く、なかなか足が動かなかった。

「そなたもこちらへ」

椅子に座ったまま、アズハールが大仰に手招いてくる。

「なにをしている？　早く陛下の前に並ばないか」

アズハールの脇に立つムハマンド国王から厳しい口調で命じられ、薄い唇をキュッと噛みしめたリアーヌは、急ぎ足で王女たちの列に向かい、最年少の第十王女の隣に並んだ。

「さあ、顔を上げて」

アズハールの声に、横一列に並んだ王女たちがいっせいに胸を張る。

ムハマンド国王は美女好きとして名高く、娶った女性たちは甲乙をつけがたい美人ばかりだ。

そうした母親の血を受け継いだ娘たちもまた美しく、王女たちはみな自らの美貌《びぼう》に誇りを持っている。

しかし、アズハールの前に立ったものの、リアーヌは初恋の人に再び会えた喜びの欠片《かけら》もなく、胸を張ることも顔を向けることもできないでいた。

幼いころから劣等感を抱いてきた肌の色と顔立ちを、初対面のアズハールに揶揄されたときのことが蘇り、消え入りたいほどの羞恥《しゅうち》に囚《とら》われているのだ。

「これほどの美女が揃うと圧巻だな」

大きな背もたれにゆったりと寄りかかり、肘掛けに預けた腕で頬杖をついているアズハールが、じっくりとこちらを眺めてくる。

彼に選ばれることを願う王女たちは、固唾《かたず》を呑んで正面を見つめているが、リアーヌは顔を前に向けながらも睫を伏せていた。

「お気に召した娘はおりますか？」

貢ぎ物である以上、アズハールに気に入ってもらえなければ意味がなく、ムハマンド国王はやきもきしているようだ。

「みなが美しいゆえ、ひとりに決め難いのだが……」

決断を迫られたアズハールが難しい顔でため息をつき、改めて端から王女をひとりずつ眺めていく。

（早く決めてくださればいいのに……）

フェイスベールもなく顔を晒しているのが恥ずかしくてたまらないリアーヌは、焦れた思いでアズハールが妃を選ぶのを待っている。

「一番端の彼女にするかな」

ようやく出したアズハールの答えに、リアーヌは向こうの端には誰がいたのだろうかと、自分と相対する位置に立つ王女に目を向けた。

「えっ？」

なぜか一列に並ぶ他の王女たちは、全員がこちらを見ている。それも、みなが恨みがましい視線を向けてきていた。

いったいどうしたのだろうかと、わけがわからないリアーヌは息を呑んで目を見開く。

「陛下、あのような西洋人の血が混じった娘を妃に迎えたりしたら、みなに笑われてしまいます。由緒正しきクライシュ王国の王妃は、正統なアラブの血を受け継ぐ娘でなければなりません」

ミルディナが声高に反対の声をあげ、アズハールに駆け寄っていった。

(私？　私を選んだというの？)

激しく動揺したリアーヌは、呆然とアズハールを見つめる。

彼が自分を選ぶなどあり得ない。そう確信していたのに、なんということだろうか。

「陛下、王妃には是非、私を……私こそクライシュ王国の妃に相応しいと自負しております」

ミルディナは跪いて訴えたが、アズハールは耳を貸すことなく椅子から立ち上がった。

「ムハマンド国王、よろしいかな?」

「もちろんですとも」

ムハマンド国王が満面の笑みでうなずき返す。

彼にとっては、アズハールが誰を選ぼうが関係ないのだろう。気に入ったかどうかが重要であり、彼が決めたことに反対する気などはさらさらないらしい。

もしかしたら、疎んでいるリアーヌを選んでくれたことで、厄介《やっかい》払いができたくらいに思っているかもしれなかった。

「リアーヌ、こちらへ」

ムハマンド国王がこれまで見せたことがない笑顔で、手招きをしてくる。

「嫌です! 私はまだ結婚などしたくありません」

後先を顧《かえり》みず咄嗟《とっさ》に声をあげたリアーヌは、一歩、また一歩と後じさりした。

自分を妃に選ぶなど、血迷ったとしか思えない。妃に相応しい王女は、他にいくらでもいるではないか。なぜあえて自分を選んだりしたのだ。

「嫌よ……」

妃という名目でクライシュ王国に迎えようとする彼は、自分のことをこれっぽっちも好きではないのはあきらかだ。

きっと、ハレムで夜ごと自分を弄《もてあそ》び、さらには見せ物にするつもりなのだ。そんな恐ろしい考えがリアーヌの脳裏《のうり》を過《よぎ》る。

生まれて初めて恋をしたアズハールに、そうした扱いを受けるなど、とても耐えられそうにない。

「リアーヌ、嫌とは何事だ！」

厳しい声をあげたムハマンド国王が、足早に歩み寄ってきた。

「陛下、お考え直しください。私ならあのような無礼な真似などせず、喜んで陛下のお胸に……」

立ち上がったミルディナが、恥も外聞もなくアズハールにしなだれかかる。

けれど、彼は軽く身をかわして彼女から逃れ、リアーヌに近づいてきた。

「急なことに王女も驚いているのだろうから、そのように怒らずとも」

怒りに顔を赤くしているムハマンド国王を宥めた彼が、片手でリアーヌのあごを捕らえてくる。

「離してください」

リアーヌは咄嗟に彼の腕を摑んだが、彼は手を離すどころか指先にさらなる力を込めてきた。

逃れることは無理だと悟り、せめてもの抵抗に顔を背ける。しかし、抗《あらが》いは許さないとばかりに、力尽くで顔を正面に戻されてしまう。

「そなたをクライシュ王国の妃として迎える、よいな?」

黒曜石《こくようせき》を思わせる漆黒の瞳で真っ直ぐに見下ろしてくるアズハールを、リアーヌは困惑も露わな顔で見返す。

焦がれるがゆえに、彼を美化していたのかもしれない。夢の中ではいつでも優しく言葉をかけてくれていたのに、今の彼からは優しさが感じられない。

ここで自分がどれほど嫌がったところで、自国の存続しか頭にないムハマンド国王は、喜んで娘を差し出すだろう。なにより、アズハールの決定は絶対なのだ。抗うことなど許されない。

「ありがたき幸せにございます」

これが己の運命と諦《あきら》めたリアーヌが小さくつぶやくと、彼は満足したように目を細め、ようやくあごから手を離してくれた。

「ムハマンド国王、花嫁の支度金代わりにこれを……」

アズハールが身につけている首飾りと腕輪を外し、ムハマンド国王に差し出す。

「おお……陛下の心遣いには感謝のしようもありませんな」

感極まった声をもらしたムハマンド国王が、躊躇うことなく差し出された装飾品を受け取る。

首飾りと腕輪は無垢《むく》の金をたっぷりと使い、艶《つや》やかに煌《きら》めく大きな宝石を幾つも施してある。

ザファト王国が豊かだったころにも目にしたことがない、まさに大国の王のために作られた逸品だ。

それらにいったいどれだけの価値があるのだろうか。リアーヌにはまったく見当もつかなかった。

「陛下、あちらに宴席を設けておりますので、よろしければ酒でも」

招き寄せた下臣に装飾品を預けたムハマンド国王が誘いの言葉を向けると、アズハールは満面の笑みでうなずき返した。

「遠慮なくいただこう」

「では、ご一緒に」

アズハールを促し、ムハマンド国王が先に歩き出す。

控えていた下臣や従者たちが彼らのあとに続き、謁見の間には王女たちだけとなる。

売り込みの甲斐《かい》なく妃の座を奪われてしまった義姉妹たちの視線が、リアーヌに戻ってきた。

怒りや嫉妬《しっと》に満ちた瞳を向けられ、居たたまれなくなる。自らが望んだ結果ではないだけに、浴びせかけられるきつい視線がなおさら辛い。

「アズハール国王も物好きよね、こんな子のどこがいいのかしら？」

こちらを一瞥《いちべつ》してきたミルディナが、さも不愉快そうにプイッと顔を背ける。

「陛下は白い肌が珍しくて選んだだけよ。きっとすぐに飽きて放っておかれるに違いないわ」

同じく冷ややかな視線を向けてきたサーティが、ミルディナの腕を取ってこちらに背を向けた。

「贅沢な暮らしをさせてもらっても、籠《かご》の鳥になるのではねぇ」

「それにクライシュ王国が援助してくれるのだから、もう私たちは贅沢を我慢しなくてもよくなるのでしょう？　それなら、物好きな国王に嫁ぐより、ここで暮らしていたほうがいいわね」

負け惜しみを口にしたミルディナとサーティは、ちらりとこちらを振り返ると、腕を組んだまま謁見の間をあとにした。

他の王女たちもそれぞれに立ち去り、リアーヌは広い謁見の間にひとり取り残される。

「私がアズハール国王の妃に……」

佇《たたず》んだまままため息をもらし、深く項垂れた。

恋い焦がれてきたアズハールから、辱《はずかし》められる日々を送ることになるのかと思うと、あまりのやりきれなさに胸が締めつけられる。

「姫さま」

急に呼びかけられ、ハッと我に返って顔を上げた。

「まだお部屋に戻られないのですか？」

開け放された扉の向こうから声をかけてきたのは、リアーヌの侍女として仕えているサラーサだ。

日々の世話はもちろんのこと、どこへ行くのにもお伴《とも》としてついてくる。ただし、リアーヌの宮以外に入ることは許されておらず、今も謁見の間の外で待機していたのだ。

「すぐに行くわ」

取り繕った笑みを浮かべて答えたリアーヌは、扉の近くで自分を待つサラーサのもとへと歩み寄っていく。

（もうすぐ彼女ともお別れになるのかしら……）

他国に王女が嫁ぐ場合、自国の侍女を伴っていく。けれど、漠然《ばくぜん》とながらもアズハールは侍女の同行を許可してくれないような気がした。

「姫さま、ご結婚おめでとうございます」

リアーヌが側に歩み寄っていくと、笑顔で祝いの言葉を口にしたサラーサが丁寧に頭を下げた。

白い半袖の長衣を軽く捻《ひね》った青い布で膝までたくし上げ、白い薄絹のフェイスベールで顔を覆っている。

艶やかな黒髪を後頭部の高い位置でひとつにまとめ、青い布で結っていた。青はリアーヌの母親である第四夫人を示す色だ。

夫人はそれぞれにムハマンドから与えられた色を持ち、色にちなんだ宝石の名前をつけた宮で暮らしている。

母親はすでに他界しているが、嫁ぐまでハレムを出ることが許されないリアーヌは、今も〈サファイア宮〉で生活していた。

十歳のときから侍女として仕え始めたサラーサとは、もう六年のつき合いになる。〈サファイア宮〉に仕える侍女は二十名になるが、起床から就寝までともに過ごしているのはサラーサだけだった。

彼女は素直で気が利き、リアーヌはすぐに仲良くなった。父親ばかりか義兄弟姉妹からも虐げられ、味方などひとりもいないハレムの中で、唯一、心を開ける相手だ。

「ありがとう」

「嬉しくないのですか？」

リアーヌは笑みを浮かべたつもりだったが、サラーサからまるで胸の内を読んだかのような言葉を投げかけられ、つい苦笑いを浮かべてしまう。

「あまりにも突然すぎて、私、どうしたらいいかわからなくなっているの」

そう言いながら歩き始めたリアーヌのあとを、サラーサがわずかな距離を置いてついてくる。

「でも、アズハール国王はとても素敵な方ではありませんか？　きっと姫さまをたいせつになさってくださいますよ」

サラーサは主人の不安を感じ取ったのか、努めて明るく振る舞っているようだ。

気持ちはとてもありがたいのだが、アズハールが物珍しさから自分を妃に選んだとしか思えないリアーヌは、いっこうに気分が晴れないでいる。

「ねえ、サラーサ」

「はい？」

足を止めて振り返ると、距離を置いたまま立ち止まった彼女が小首を傾げて見返してきた。

「一緒にクライシュ王国に来てくれるわよね？」

「えっ？」

サラーサが黒々とした大きな瞳を見開く。

「アズハール陛下が侍女の同行を許してくださるかどうかわからないけれど、私、お願いをしてみるから、お許しが出たら一緒に来てほしいの」

リアーヌはいつになく必死な顔でサラーサに歩み寄り、彼女の小さな手をそっと両手で包み込む。

ザファト王国を早く出ていきたいと、そればかりを考えてきた。その願いがようやく叶うのだが、少しも明るい未来は見えてこない。

アズハールが自分を好きでいてくれたなら、思いは違っていただろうが、彼の妃になっても幸せになれるわけがなかった。彼に恋してきたぶん、胸が痛む思いをするだけだ。

けれど、彼との婚姻を覆すことはできない。これからは、クライシュ王国の王妃として生きていくしかないのだ。

この先に待っているのは、たぶん今までと変わらない辛《つら》くて虚《むな》しい日々に違いない。

冷ややかな視線を向けられるだけでも耐え難いというのに、これからは妃として夜伽《よとぎ》を務めることになる。

白い肌を揶揄してきたアズハールに、無垢な身体を委ねなければならないのかと思っただけで涙がこぼれそうになった。

異国にひとりきりで耐えられるわけがない。今日までザファト王国での暮らしを我慢してこられたのは、思春期を迎えて多感になっているころに出会い、胸の内を吐露できるまでに親しくなったサラーサが、ずっとそばにいてくれたからだ。

クライシュ王国に嫁いでも、サラーサが一緒に来てくれたなら、少しは心が安らぐ気がしてならなかった。

「知らない国へ行くのはいや？」

「そんなことはありません。姫さまのお伴が許されるのであれば、私は喜んでご一緒させていただきます」

「ありがとう、サラーサ。私、どんなことがあってもお許しをいただくわ」

嬉しそうに笑っている彼女を見て胸を撫で下ろしたリアーヌは、ようやく安堵《あんど》の笑みを浮かべる。

「姫さま、王妃になられてもよろしくお願いいたします」

笑みを消した彼女が、神妙な顔つきで頭を下げてきた。

これからは王妃の侍女として仕えることになる。それも、国が違ってくるのだから、彼女にも不安は多々あるはずだ。

今度は自分がサラーサを元気づけなくてはと、リアーヌは彼女の手を包み込んだまま柔らかに微笑む。

「あなたがそばにいてくれると思うだけで私はとても心強いの。こちらこそ、これからもよろしくね」

優しい口調で言葉をかけ、真っ直ぐに彼女を見つめる。

運命は自分の思いどおりには動いてくれない。アズハールが自分を見せ物にし、慰《なぐさ》み者にするつもりで妃に選んだにしろ、これが神の定めた運命ならば従うしかないのだろう。

（いくら嘆《なげ》いたところでなにも始まらないのよ、もう諦めなさい）

リアーヌは自らに強く言い聞かせ笑顔を作る。

「さあ、宮に戻ってお茶にしましょう」

明るく言ってサラーサの手を離し、正面に向き直ったリアーヌは、〈サファイア宮〉に向けて歩みを進めた。

第二章　〈月の宮〉の虜囚

妃選びを終えて帰国したアズハールは、困窮するザファト王国に対して、早々にクライシュ王国の豊かさを見せつけてきた。

一国を救うだけの黄金、石油、食料を、五百名に及ぶ部隊によってザファト王国に送り届けてきたのだ。

クライシュ王国が資源に恵まれた大国であるという認識はあったが、想像を遙《はる》かに超えた国の豊かさに、アズハールの妃になることが決まっているリアーヌは、まだ見ぬ国の王妃になることに恐れをなした。

とはいえ、いまさら逃げも隠れもできるわけがない。当初の約束どおり、援助の品々を下ろして自国に戻る部隊に護衛され、無事に同行を許されたサラーサと二人きりで馬車に乗り、嫁ぎ先のクライシュ王国へとやってきていた。

婚礼は一ヶ月後に執り行うことになったのだが、早くクライシュ王国での暮らしに馴れさせたいというアズハールの意向により、早めの旅立ちとなったのだ。

大国に王女が迎えられるというのに、ザファト王国では形ばかりの見送りがあっただけで、これまでともに暮らしてきた王宮の人々は、誰ひとりとしてリアーヌを祝ってくれなかった。

不自由のない生活を送らせてくれたことにしか恩《おん》を感じていないこともあり、リアーヌは涙ひとつ流すことなくムハマンド国王に別れの挨拶をし、ザファト王国をあとにしてきたのだった。

クライシュ王国までの道のりはとても長かった。日の出から日の入りまで馬を走らせ、砂漠で夜営することを幾度も繰り返し、ようやく到着したときには丸五日が過ぎていた。

初恋の人の妃になれる喜びに胸を弾ませての旅であれば、どれほど長い時間がかかろうとも、さぞかし快適だったことだろう。

けれど、暗い未来しか描けないでいるリアーヌは、旅を楽しむこともできないまま、クライシュ王国に降り立っていた。

到着して早々に、湯浴みをして身体を休めるようにと、宮殿の最奥にあるハレムに案内されたが、心身ともに疲れ果てているリアーヌとサラーサは放心状態だ。

「はぁ……」

居間の床に広げられたアラベスク模様の敷物にペタンと座ったまま、数え切れないほどのため息をもらしている。

埃《ほこり》っぽい身体をきれいに洗い流し、早く寝台に横たわりたいのだが、動くだけの体力が残っていなかった。

「姫さま……」

「なあに？」

並んで座っているサラーサの力ない呼び声に、リアーヌもまた力なく答え、細い肩で小さく息をつく。

「これからは、この〈月の宮〉が姫さまのお住まいになるんですか？」

「そのようね」

リアーヌは小さくうなずき返した。

案内してくれた下臣によると、〈月の宮〉と名づけられたここは、他のどの宮よりも寝室の窓から月が美しく見えるらしい。

「豪華すぎてなんだか目眩《めまい》がしそうです……」

サラーサが深いため息をもらして肩を落とす。

この何年かのザファト王国は悲惨《ひさん》な状況にあり、王宮も名ばかりのものとなってしまっていたが、それまではどこもかしこも眩いほどに輝いていた。

ムハマンド国王の家族が暮らすハレムもそれは同じで、色にちなんだ宝石の名がつけられた夫人たちの宮は、数々の稀少《きしょう》な装飾品で飾られていた。

そればかりか、日々、最高級の絹で仕立てたドレスや、稀少な宝石をちりばめた宝飾品がムハマンド国王から贈られてきたものだ。

ハレムで暮らす女性たちは豪華な品々を身につけて美しさを競い合い、夜ごと宴に明け暮れていた。

王女として生まれ、贅の限りを尽くしたハレムの中で育ってきたリアーヌは、贅沢というものを知っているつもりだった。

しかし、桁違《けたちが》いとしか言いようがないクライシュ王国の豊かさを目の当たりにし、小国の贅沢など取るに足らないもののように思えてしまった。

見渡す限りの砂漠に突如として現れた、純白の大理石をふんだんに使って建てられた荘厳な宮殿は、大国の王こそが住まうに相応しい輝きを放っている。

白亜の宮殿をぐるりと囲む石塀は仰ぎ見るほどに高く、左右に衛兵が立つ巨大な鋼鉄の門扉には、黄金の紋章が掲げられていた。

門から宮殿に向かって大理石が敷き詰められていて、その先には何本もの円柱がそびえ立っている。

円柱のあいだには宮殿の入り口に続く、緩やかな半円を描く階段があり、剣を携えた黒ずくめの男たちが両脇を固めていた。

金の飾りを施した重厚な木の扉は左右に開かれ、緋色《ひいろ》の絨毯《じゅうたん》が敷き詰められた廊下が、奥へと真っ直ぐに伸びている。

ハレムまでの案内役を務める下臣のあとに続き、いったいどれくらい歩いてきたのだろうか。

疲れ切った身体に鞭《むち》打って、必死に足を動かしながらも、光り輝く宮殿内の装飾品に目を奪われていたリアーヌは、どこをどう通ってきたのかを記憶していなかった。

そうしてようやく辿り着いたハレムは、なんとそれだけでザファト王国の王宮ほどの大きさがあった。

さらにハレムの中を延々と歩かされ、くたくたになって到着したのがこの宮なのだが、サラーサが口にしたように、居間に足を踏み入れた瞬間、乱反射する黄金と宝石に目眩を起こしそうになった。

ハレムに幾つの宮が設けられているのかは知りようもない。しかし、すべての宮がここと同じく絢爛豪華《けんらんごうか》な造りであることは容易に想像がつく。

アズハールはいったい何人の妃を娶っているのだろうか。自分は何番目の妃になるのだろうか。クライシュ王国が豊かな国であることは知っていたが、他にはなにも知らないばかりか、アズハールについてもよくわかっていない。

これまでもハレムで暮らしてきたが、それは王女としてだ。妃ともなれば、立場も待遇《たいぐう》も違ってくるだろう。

言葉では言い尽くせないほどの煌めきに包まれたこの宮で、アズハールの妃として暮らす自分を思い描くのはとても難しい。

覚悟を決めてザファト王国を出てきたにもかかわらず、リアーヌはかつてないほどの不安に苛《さいな》まれ始めた。

「アズハール国王はお見えに……」

不意に口を噤んで立ち上がったサラーサが、居間の入り口に向かって姿勢を正し、視線を己の足下に落とす。

「どうしたの？」

不思議に思ったリアーヌが彼女の視線を追うと、そこには純白の衣装に身を包んだアズハールの姿があった。

「アズハール陛下……」

身体は鉛《なまり》のように重かったが、リアーヌは国王を迎えるため急いで立ち上がり、乱れたドレスの裾をさりげなく整える。

ゆったりとした足取りで歩み寄ってきたアズハールが、緊張の面持ちで見つめるリアーヌのあごを片手で捕らえてきた。

「迎えに出られずすまなかった。少しは休めたのか?」

圧倒的な存在感を漂わせる彼に高い位置から見下ろされ、わけもわからず震えが走り、言葉が出てこない。

「なんだ、まだ湯浴みもすませていないのか? 身体を綺麗にしておくよう言ったはずだが?」

砂埃に汚れたままの姿に気づいたアズハールが、不機嫌そうに眉根を寄せる。

彼は隣国からようやく到着した自分の妃に、さっそく夜伽を務めさせるつもりでいたに違いない。

西洋人の血が混じる白い肌をした女性を、彼は一刻も早く味わいたいのだ。そう思った途端、新たな震えがリアーヌの全身に走った。

「離して」

あごを捕らえているアズハールの手を払いのけ、ツツッと後じさりする。

「どうしたというんだ？」

突然の反抗に驚いたのか、彼が理解し難いといった顔つきで見返してきた。

凛《りん》とした立ち姿、黒く輝く魅惑的な瞳、形のよい官能的な唇……初めて見たその瞬間に目を奪われた彼を、リアーヌは困惑の面持ちで見つめる。

アズハールが興味本位などではなく、本当に自分を気に入って妃に選んでくれたのならば、きっと不安を感じたりしないだろう。

けれど、彼は白い肌を珍しがっているにすぎない。かつて抱いたことがない肌の色の違う女性を、ハレムに加えたいだけなのだ。

「私は妃になどなりたくありません」

慰《なぐさ》み者になどされたくないと思うあまり、つい口走ってしまったリアーヌを、アズハールが睨《にら》みつけてくる。

「いまさらなにを言っているんだ？　そなたはクライシュ王国の妃として迎えられたのだぞ？」

ズイッと迫ってきた彼の声は、あきらかに機嫌が悪い。

ザファト王国を救うための援助の見返りとして差し出された王女から、この期に及んで反抗されたのだから怒りは大きいだろう。

前言を撤回するなら今しかない。気の迷いで失礼なことを言ってしまったと、素直に詫びれば許される可能性はある。

けれど、気持ちが昂《たか》ぶっているリアーヌは、己の立場も顧みずさらなる暴言を口にしてしまう。

「陛下は私の白い肌を珍しがり、見せ物にするために選ばれたのでしょう?」

睨みつけてくる彼を、負けじと睨み返す。

「私は誰のものにもなりたくありません。奇異の目を向けられながらハレムで待つだけの身などいやなのです」

ザファト王国でも、クライシュ王国でもなく、どこか見知らぬ国へ行きたい。肌の色など気にすることなく堂々と生きていける国が、きっとあるはずなのだ。

「姫さま……」

状況を危ぶんだサラーサが小さな声で呼びかけてきたが、リアーヌは気持ちを抑えることができない。

「私は自由に生きていきたいのです。自由が与えられるなら、踊り子になっても……」

「黙れ」

大きな声で遮ってきたアズハールが、きつく唇を噛みしめたかと思うと、リアーヌの細い腕をガシッと掴んできた。

怒鳴られて畏縮《いしゅく》した上に、力任せに腕を掴まれ、恐怖に震え上がって動けなくなる。

夢の中では、幾度となく彼に優しく抱き締められてきた。囁きは甘く、触れる肌は温かだった。

恋してきたアズハールの乱暴な扱いに身が縮む思いをすると同時に、リアーヌはひどく打ち拉《ひし》がれる。

「王女として生まれ、贅沢に育ってきたそなたがハレムを出て生きて行けると思っているのか？　外の世界はそなたが考えているほど甘くない」

「けれど私は……」

「口答えなど許さぬ。今日はとにかくその汚れた身体を洗い、ゆっくり寝るがいい」

声高に言い放ち、荒っぽく手を離した彼は、ローブの裾を大きく翻して背を向けると、その場を後にした。

クーフィーヤとローブの裾をたなびかせながら、大股でズンズンと歩いていく彼のうしろ姿に、怒りの大きさが見て取れる。

「姫さま、なんてことを……」

アズハールの姿が居間の外に消えると同時に、サラーサが駆け寄ってきた。

「どうなさったのですか？　アズハール国王を怒らせるなんて正気とは思えません」

「私、ハレムに閉じ込められたまま一生を終わらせたくないの……すぐにでもここから逃げ出したい……」

「姫さま、馬鹿なことは仰らないでください。姫さまがそんなことをなさったら、きっとアズハール国王は怒りに駆られ、ザファト王国への援助を打ち切ってしまわれます。また多くの人々が苦しむことになるんですよ、それでもいいのですか？」

まだ顔に幼さを残すサラーサに諭され、リアーヌはキュッと口を結ぶ。

ザファト王国の窮地を救うための膨大な黄金と物資の見返りとして、自分はムハマンド国王によりアズハールに差し出された。

意見など口にできる立場にない奴隷《どれい》と同じなのだと、彼女の言葉によって改めて思い知らされる。

「さあ、湯浴みをしましょう。身体をきれいにすれば気持ちも落ち着きます。姫さまは長旅でお疲れなんですよ」

フッと笑ったサラーサに促され、リアーヌは無言で湯殿へと向かう。

（奴隷なんて嫌……）

　ザファト王国では虐げられてきたが、少ないながらも自由はあった。〈サファイア宮〉にいる限り、誰に邪魔されることもなく歌ったり踊ったりできたのだ。

　けれど、アズハールの妃ともなると、そうはいかなくなる。夜伽を務める妃は、いつ訪れてくるかわからない主人のために、いつも身を清めて着飾っていなければならない。

　妃として迎えられたからには、当然、自分もそうした生活を送ることになるだろう。

　ザファト王国では、好きな歌や舞いを誰にも咎《とが》められたことはない。辛いことや悲しいこともたくさんあったが、今となってはクライシュ王国での暮らしより、よかったのではないかと思えてきた。

（どうしたらいいの……）

　妃として生きていく覚悟を決めなければいけないとわかっているのだが、アズハールと顔を合わせるのが辛くてたまらない。

　それならば、いっそこの国から逃れて自由になりたい。心が揺らいでしかたないリアーヌは、重い足取りで湯殿へと向かっていった。

第四章　淫らな初夜儀式

「姫さま、姫さま、起きてください」

まだ旅の疲れが残る身体を激しく揺すられ、リアーヌは深い眠りから呼び覚まされる。

「うん……」

「姫さま、お客さまです」

さらに身体を揺さぶられて目を開けると、いつになく慌てたようなサラーサの顔がすぐそこにあった。

彼女はとうに起きていたのか、ザファト王国で身につけていたのと同じ、侍女の制服に身を包み、フェイスベールをつけている。

「お客さまって……」

　彼女の手を借りて身体を起こし、乱れた髪を片手で無造作に整えた。

「リアーヌさま、陛下が部屋で待っておられます。ご案内しますので、わたくしと一緒においでください」

　聞き覚えのない男性の声に、リアーヌは息を呑んで目を瞠《みは》る。

「誰？」

　薄絹で仕立てた夜着の胸元を咄嗟に両手で掻《か》き合わせ、寝室の入り口に立つ黒ずくめの若い男性を凝視《ぎょうし》した。

　妃の寝室にいきなり知らない男性が現れただけでも信じられない。寝起きでフェイスベールをつけていない状態なのだから慌てる。

　ところが、彼は平然としていた。それればかりか、リアーヌの白い肌を見ても、表情ひとつ変えない。いったい、何者なのだろうか。

「失礼いたしました。わたくしはイシュル・ハンザ・ロムヤート、アズハール陛下にお仕えしております」

　自ら名乗ったイシュルが入り口に立ったまま、片手を胸に添えて一礼してくる。

　頭にはめているイカールこそ銀色だが、それ以外はクーフィーヤ、ローブ、中に着ている長衣に至るまですべてが黒い。腰に巻いている剣を納めた鞘つきのベルトまでが、黒い革で作られていた。

ハレムまで妃を呼びに行かせるくらいなのだから、アズハールの側近といったところだろう。

かなり背が高く、がっしりとした身体つきだ。国王の護衛としても役に立ちそうな感じだった。

「着替えますのでしばらく外に……」

「では、終わりましたら声をおかけください」

イシュルが軽い会釈《えしゃく》とともに背を向け、入り口から姿を消す。

まだ心が決まっていない状態だけに、アズハールには会いたくなかったが、迎えを寄越されたのでは嫌とも言えないだろうと諦める。

「サラーサ、着替えの準備を」

「はい」

サラーサが足早に隣室へと向かう。衣装、装身具などが収めてある、身仕舞いをするための部屋だ。

寝台を降りたリアーヌは、彼女を追って隣室に入っていく。昨日のうちに〈月の宮〉に仕える女官たちが荷ほどきをしてくれたため、部屋はすっかりかたづいていた。

壁際に設《しつら》えられた棚には、大国に嫁ぐ娘のためにムハマンド国王が用意してくれた衣装の数々が並べられている。

上等な絹をふんだんに使い、豪勢な飾りを施した色とりどりのドレス、黄金に宝石をちりばめた装飾品など、まさに贅の限りを尽くしたものばかりだった。

とはいえ、これらにムハマンド国王の親心が込められているわけではない。アズハールから支度金を受け取った以上、用意せざるを得なかったのだ。

「こちらでよろしいですか？」

サラーサが淡い水色のドレスを見せてくる。

腰に金糸で飾り刺繍を施した長いスカートと、胸の前で結ぶ形になっている五分袖のチョリだ。

「ええ」

リアーヌはすぐさまうなずき返し、自ら夜着を脱ぎ捨てた。

寝る際に下着をつける習慣がなく、すとんとした長い夜着を脱いでしまうと全裸を晒すことになる。

けれど、身仕舞いを手伝うのがサラーサの仕事であり、裸になるのが慣れっこになっているため、彼女の前で羞恥を覚えたりしなかった。

まずは下着だ。ドレスと同じ生地で仕立てた下着は、両脇につけられた細い紐を結んで留める。

その上にスカートを穿《は》き、袖を通したチョリの前垂れを、乳房を持ち上げるようにしてきつく結んだ。

華奢なサンダルに足を入れているあいだに、サラーサが首飾りや腕輪をつけ、さらには長い髪を整えてくれた。

「これでいいわ」

大きな鏡の前に立ってフェイスベールをつけ、己の姿を確認し終えたリアーヌは、身仕舞いも早々に部屋をあとにする。

妃としてクライシュ王国で生きていくべきか、逃げ出して自由を得るべきかを決めかねているあいだは、できるだけおとなしくしているのが得策だろう。

昨日、アズハールを怒らせてしまったこともあり、これ以上、彼の機嫌を損ねたくない思いがあるのだ。

「お待たせしました」

急ぎ足で寝室を出て行くと、廊下で待っていたイシュルが、従ってきたサラーサに声をかける。

「陛下のお部屋にはリアーヌさまおひとりで来ていただきます」

彼の言葉に不安を覚えたリアーヌが振り返ると、サラーサが安心させるように微笑み、恭しく頭を下げた。

「いってらっしゃいませ」

「すぐにもどるわ」

不安は消えなかったけれど、よけいな心配をさせてはいけないと、笑顔で彼女に背を向ける。

「参りましょう」

先に立ったイシュルが、ゆっくりとした足取りで歩き出した。

アズハールの部屋はどこにあるのか、機嫌はいいのか悪いのか、などを訊ねたいところなのだが、彼はひどく話しかけにくい雰囲気があって断念する。

ザファト王国のハレムは、国王が住まう本殿と渡し廊下で繋がっていた。国王とその従者だけが渡ってくることができる特別な廊下だ。

しかし、こちらでは少し造りが異なっている。〈月の宮〉を出て間もない場所にある堅《けん》牢《ろう》な扉を開けると、上階へと続く華麗な装飾を施した大きな螺《ら》旋《せん》階段があり、アズハールの宮に繋がっているのだ。

（彼はここを通ってハレムに来るのね……）

与えられた〈月の宮〉の中でさえまだ把握《はあく》できていないリアーヌは、イシュルのあとに従いながらも、眩いばかりに贅を凝《こ》らした宮殿内を物珍しげに眺めていた。

「中へお入りください」

数ある装飾品に気を取られていたリアーヌは、足を止めたイシュルから唐突に声をかけられ、ハッと我に返って息を呑む。

「陛下が中で待っておられます」

恭しく一礼した彼が、片手をスッと差し出す。

大理石でアーチ状にかたどった入り口に扉はなく、緋色の絨毯が敷かれた廊下が奥へと続いている。

なぜか不安を覚えてリアーヌが躊躇うと、柔らかに微笑んだイシュルがそっと背を押してきた。

「陛下は気が短くていらっしゃいます。あまりお待たせにならないほうがよろしいかと」

彼から静かな声音で諭され、意を決して足を踏み出す。

いつになく足が重く感じられたが、距離を置いて従ってくる彼がいたのではとても引き返せそうにない。

諦めの境地で足を進めていくと、一回り小さなアーチ状の入り口があった。先ほどの入り口は無垢の大理石で造られていたが、こちらは黄金の縁取りがされていて、緋色の幕で覆われていた。

勝手に幕を開けて入っていいのだろうかと、迷いが生じたリアーヌは足を止めてイシュルを振り返る。

黙って前に出てきた彼が片手で緋色の幕を捲り上げ、先に進むよう視線で促してきた。

軽くうなずいて中に入ったものの、そこで動けなくなる。なんと、そこには眩しいほどに輝く天蓋《てんがい》つきの巨大な寝台があった。

（寝室……）

リアーヌはゴクリと喉《のど》を鳴らす。

妃をハレムに住まわせる王は、自ら出向いて夜の営みを行うのが通例だ。まさか、自らの寝室に妃を呼ぶとは思いもしなかった。ましてや、朝もまだ早い時間なのだから驚きは大きい。

昨夜、目的を果たせなかったアズハールは、さっそく身体を奪うつもりなのだろう。

旅の疲れから考える間もなく深い眠りに落ちてしまい、心はひとつも決まっていない。

もとより、たった一夜で決められるわけがなかった。

「さあ」

隣に並んできたイシュルの声に、呆然と寝台を見つめていたリアーヌは思わず細い肩を窄《すぼ》める。

「イシュル、早く連れてこい」

焦れたようなアズハールの声が聞こえてきた。

正面に姿は見えない。イシュルに付き添われて歩きながら首を巡らせると、青い空に輝く太陽が覗き見える窓の前に、盛装したアズハールが腕組みをして立っていた。

逆光のため、彼の表情がよく見えない。ただ、発した声は、機嫌がいいようにはとても感じられなかった。

「よく眠れたか?」

ゆったりとした足取りで彼が歩み寄ってくる。

次第に大きくなっていく人影に漠然とした恐怖を覚え、リアーヌは後じさりしようとしたが、大きな手を背にあててきたイシュルに動きを阻まれてしまう。

「まだ俺の妃になるのは嫌だと思っているのか?」

正面で足を止めたアズハールがスッと手を伸ばし、リアーヌのあごを指先で捕らえて顔を上向かせてくる。

「私は……」

言葉が続かず、彼から視線を逸らす。

大国の王であるアズハールに妃として迎えられることは、他国の王女たちにとってはなによりの喜びだ。彼の愛を賜《たまわ》ることができれば、正妃の座も近くなる。

仮に正妃になれなくとも、自分の宮でアズハールが訪ねてくるのを待ちながら、贅沢三昧の暮らしができるのだ。

けれど、白い肌を珍しがって妃に選び、夜伽の相手にしようとしているだけのアズハールを待つ暮らしなど、とても我慢できそうになかった。

「まあ、妃として選びはしたが、これから執り行う儀式の結果如何《いかん》では、そなたにも妃にならずにすむ可能性がある」

「どういうことですか？」

リアーヌは大きな目を見開いて彼を真っ直ぐに見つめる。

「そなたが俺の妃として相応しいかどうかを確かめる儀式だ」

意味ありげに笑ったアズハールが、パンパンと手を打ち鳴らす。

すると、先ほど通ってきた入り口から、揃いの制服に身を包んだ四名の女官と、ひとりの若い男性が入ってきた。

男性はイシュルと同じく全身黒ずくめだったが、腰に巻いているベルトには鞘がついていない。

剣を携えていない男性は珍しく、訝しく思ったリアーヌが眉根を寄せると、アズハールが彼を手招いた。

「この男は俺が生まれる前から我が国に仕えている、術師のサルイート・ヴァンヌだ。薬草を使い、さまざまな薬を調合する。この男に治せぬ病はない」

アズハールに紹介されたサルイートが、微笑みを浮かべて丁寧に頭を下げる。

端整な顔立ちをした青年で、物腰が柔らかい。彼の顔立ちに、リアーヌはちょっとした疑問を覚える。

アズハールは確か二十六歳だ。サルイートが術師として国に仕え始めたのは、早くても二十歳を過ぎてからだろう。

アズハールが生まれる前から仕えていたのだから、サルイートは四十歳をとうに過ぎているということになる。

しかし、彼はどう見てもアズハールより若い。顔立ちから判断するに、二十歳くらいの感じだ。

「若く見えるのが不思議なのだろう？　この男は若返りの薬を作り自ら飲んでいるのだ」

冗談とも本気とも思えない言葉を口にしたアズハールが、サルイートを横目で見ながら大仰に笑う。

「さあ、始めてくれ」

そう言ってアズハールが退くと、リアーヌが「なに？」と思う間もなく、女官たちに取り囲まれ、寝台へと連れて行かれた。

「陛下、なにをするのですか？」

不安に声を震わせて訊ねたが、答えは返ってこない。そればかりか、有無を言わさぬ勢いで寝台に仰向けで寝かされ、両の手足を押さえつけられる。

「やめて、なぜこんなことを……」

瞬《また》く間にチョリを脱がされ、寝台の四隅に立つ柱から伸びた細い紐の端《はし》を、両の手首に巻きつけられたリアーヌはギョッとした顔で女官たちをみつめた。

細い紐を手首にきつく結ばれ、ようやく自分を拘束《こうそく》するつもりなのだと気づき、叫び声を寝室に響かせる。

「いや――――っ！」

渾身の力を込めて女官を突き飛ばそうとするが、二人がかりで押さえつけられ、動けなくなった。

「こんなのはいやよ、早く紐を解いて」

大きく広げた両手の自由が利かなくなり、なにをされるのかわからない恐ろしさに顔面蒼白になる。

けれど、リアーヌの恐怖などおかまいなしに、女官たちによってスカートばかりか下着まで脱がされてしまう。

サラーサ以外に見せたことのない全裸が、女官や男たちの目に晒される。白く艶やかな肌に感じる視線に、全身が羞恥に赤く染まった。

「いやっ、いやっ……」

繋がれた両手を必死に動かすが、紐は外れる気配もない。

露わな下半身を隠そうと両の膝を引き上げるが、抵抗なのものともしない女官たちに足を摑まれ、大きく開かされる。

両の足首にも細い紐を巻きつけられ、手足を盛大に広げた格好で寝台に拘束された。

「やめて、お願いだから……」

一糸まとわぬ姿で寝台に仰向けになり、完全に手足の自由を奪われたリアーヌの大きな瞳から、とめどなく涙がこぼれ落ちた。

実の王に疎まれてきたとはいえ、王女として育ってきたのだ。こんな辱めには耐えられない。

なにより、恋い焦がれ、思うほどに胸を熱くしてきたアズハールに侮辱《ぶじょく》されるのは、悲しくてならなかった。

彼に弄ばれ、恥を晒し続けるくらいなら、舌を噛み切って死んだほうがましだろうと、リアーヌは己の舌に歯を押しつける。

――多くの人々が苦しむことになるんですよ、それでもいいのですか？

サラーサの言葉がふと脳裏を過った。

婚礼を待たずに自害したともなれば、妃に選んだアズハールは黙っていないだろう。

ザファト王国に未練などない。けれど、自分のせいで母国の民が再び苦しむことになるのかと思うと死ぬこともできず、リアーヌはままならない状況に新たな涙を溢《あふ》れさせた。

（死ねない……）

「恐れずともよい」

脇に歩み寄ってきたアズハールが、寝台の端に腰かける。

いきなり全裸で寝台に拘束され、恐怖を感じない者など存在しないだろう。羞恥と恐怖に震えが止まらないリアーヌは、細い紐が結ばれている手足を必死に動かす。

「そなたが清らかな娘であるかどうかを、これから確認する」

「私は穢《けが》れてなどいません」

涙を流しながらも、彼の侮辱的な言葉に怒りを覚えたリアーヌは、キッと睨みつける。

女性は嫁ぐまで処女でいなければならない。その教えを破れば罰《ばつ》を受ける。虐げられてきたとはいえ一国の王女が、罪を問われるような行いをするわけがなかった。

「俺はそなたの言葉を信じるが、妃になるための儀式を省くわけにはいかないのだ」

そう言いながら手を伸ばしてきたアズハールが、露わになった胸の頂点に指先で触れてくる。

「いやよ、私に触らないで」

リアーヌの叫びが、広い寝室に響き渡った。

アズハールと二人きりでも我慢ならないというのに、女官ばかりかイシュルやサルイートがいる前で、なぜこんな辱めを受けなければならないのか、まったく理解できない。

「こんな色は見たことがないな……」

薄紅色の乳首に触れながら、アズハールがため息混じりの声をもらした。

他の女性と比べられ、さらにはさも珍しいと言いたげな声音に、羞恥と悲しみが胸の内で交錯《こうさく》する。

「お願い、こんなことはやめて……」

露わな身体を隠すことも叶わないリアーヌは涙ながらに懇願《こんがん》する。

けれど、その願いは聞き入れてもらえなかった。

「あとは任せた」

こちらを見つめたままスッと腰を上げた彼が寝台から離れていき、入れ替わりにサルイートが脇に立つ。

「これよりリアーヌさまの身体に、この薬を塗らせていただきます」

彼が、黄金で作った小振りの椀《わん》を乗せた手を、こちらに向けて差し出し、空いた片手の指先で中身をすくい取る。

高く挙げた彼の指先から、蜂蜜《はちみつ》のような粘《ねば》りのある半透明の液体が、ツーッと椀に滴り落ちていく。

サルイートの一挙一動から目を離せないリアーヌは、頭を起こして必死に見つめる。

「私は穢れてなんていない……お願いだからそんなものを塗らないで……」

身体だけでなく、声も震えていた。

手足の自由を奪われた恐怖と、裸を複数の人間に見られている羞恥に、押し潰されそうになっている。

「そなたたちは下がっていろ」

アズハールが命じる声に続き、女官たちが去っていく足音が聞こえてきた。

「イシュル、おまえもだ」

「はっ」

リアーヌは目の端で退室するイシュルの姿を捉える。

女官と彼が去り、残ったのはアズハールとサルイートだけだ。とはいえ、状況はさして変わらない。恐怖と羞恥は消えないばかりか、増幅していった。

「失礼します」

サルイートが指先にすくった薬を、下腹に垂らしてくる。

「やっ……」

思わず声をあげてしまったが、冷たさに驚いたわけではない。

液体には人肌程度の温かさがあり、まるでマッサージをするための香油を垂らされているかのような感じだった。

「これは男を知っている身体に反応する薬ですから、清らかでおられるならなにも心配はありません」

寝台に片膝を乗せてきたサルイートの声音は、とても穏やかで優しかったが、リアーヌは少しも安堵できない。

「は……反応？」

「身体が恐ろしいくらい赤く染まり、女陰の奥より溢れた愛液を滴らせながら悶《もだ》え苦しむのです」

説明しながら椀に指を入れた彼が、新たな薬をたっぷりとすくい取り、乳首の上から垂らしてくる。

紛《まぎ》れもない処女でありながら、リアーヌは彼のただならない言葉に身を震わせた。

ザファト王国の王女たちは、十三歳になると同時に性教育を受けるのが習わしだ。

ムハマンド国王は父親としての愛情をいっさい注ごうとしなかったが、教育に関しては他の王女たちと平等に扱ってくれた。

男女の営みに関しては、秘めた場所が愛撫《あいぶ》によって得た快感に濡れ始め、男性自身を受け入れやすくなる。そこで互いの身体を繋げ合い、ともに悦《よろこ》びを味わって行為が終わると習った。

教育係は快感とは気持ちがいいものだと教えてくれたが、サルイートは愛液を滴らせながら悶え苦しむと言った。

男性経験など皆無《かいむ》なのだから、絶対に薬には反応しない自信がある。それでも、悶え苦しむと言われて恐怖を覚えてしまったのだ。

「おやっ？　少し赤くなってきましたね」

聞き捨てならないサルイートの言葉に、リアーヌは勢いよく頭を起こす。

「そんなわけないわ！　私は一度として男性に身体を触れさせていないわ！　恥ずかしくて赤くなっているだけよ！」

声高に叫んだものの、羞恥による火照りとはあきらかにことなる熱を身体に感じ、にわかに焦り始めた。

「そのように大きな声を出さずとも、すぐに結果はわかりますよ」

彼はまったく取り合わず、さらなる薬を垂らしてくる。

「薬なんか使わなくても結果はわかっているでしょう？　私が……」

「なにを焦っているのだ？」

リアーヌの声を掻き消す勢いで割って入ってきたアズハールが、サルイートの脇に立って見下ろしてくる。

「男を知らぬというのならば身体は薬に反応などしないのだから、おとなしくしていればいいではないか」

言い終えて唇の端を引き上げた彼が、サルイートが持つ椀から薬をすくい取り、寝台に片膝を乗せてきた。

（怖い……こんなにも怖い人だったなんて……）

式典で見た彼の優しい笑顔に、ひと目で釘付《くぎづ》けになった。けれど、あの笑顔は自分には向けられることはないのだ。そう思ったとたん、新たな涙が溢れてきた。

「妃になるかもしれない女のここを、術師といえども触らせるわけにはいかないな」

身を乗り出してきたアズハールが、大きく広げたリアーヌの脚のあいだに手を伸ばしてくる。

「ひゃあ」

薬に濡れた指先が女陰をかすめ、初めて味わう感覚に下腹がヒクンと震え、腰が跳ね上がった。

「男に触れさせたことがないと言うわりには、やけに感度がいいではないか」

疑《うたぐ》ったような視線を向けてきたアズハールが、茂《しげ》みのすぐ下あたりを指先で撫で回し始める。

「あんっ……」

花唇《かしん》から湧きあがってくるゾワゾワッとするような甘い痺《しび》れに、自分でも聞いたことがない声が勝手に零《こぼ》れ、リアーヌは咄嗟《とっさ》に唇を噛みしめた。

「やめて……」

何度も同じ場所を撫でられ、腰が妖しく揺らめき出す。

アズハールに触れられている場所が、トクントクンと熱く疼《うず》いている。こんな感覚はかつて味わったことがなかった。

それだけでなく、薬を垂らされた乳首がむず痒くてしかたない。すぐにでも掻《か》きむしりたいのだが、手を拘束されていては叶わず、無闇やたらに不自由な身体を捩《よじ》る。

「どうした？　身体が薬に反応してきたのではないのか？」

アズハールがわざとらしく顔を覗き込んできた。

「変な薬を塗られて気持ちが悪いだけです」

リアーヌは変化を悟られまいと、強気の口調で答えてそっぽを向く。

しかし、身体の熱は高まっていくばかりだ。そのうえ、先ほど彼が指先で触れてきた場所の疼きも大きくなり始めている。

（どうして？　私は清い身体なのに……）

火照っていく己の身体に、かつて味わったことがない恐怖を覚えた。

「ずいぶんと肌が赤くなってきているぞ」

薬に濡れた指先で、アズハールが腿の内側をツーッと撫でる。

「そんなわけない……」

こそばゆさに内腿を震わせながらも、頭を起こして露わな自分の身体に目を向けた。

薬に濡れた乳首がツンと立ち上がり、こんもりとした乳房に朱が差している。

湯浴みをしたときでさえ、これほどまでに肌は赤くならない。

紛れもない処女の自分が、薬に反応することなどありえない。けれど、肌は赤くなり、あちらこちらが熱く疼いているのは事実だ。

なぜこんなことになってしまったのだろう。これではいくら反論してもアズハールは信じてくれないに違いない。

身の潔白《けっぱく》を証明する術《すべ》をもたないリアーヌは、増していく掻痒感《そうようかん》を必死に堪えながら、涙を流し続けた。

「どうしたことだ、穢《けが》れを知らぬというのに、そなたのここが濡れてきているではないか」

呆れたように言ったアズハールが、深く身を屈《かが》めて女陰を覗き込んでくる。

「そんなところを見ないで！」

秘めた場所を直視される恥ずかしさに、拘束から逃れようと激しく手足を動かすが、紐で結ばれている手首と足首が痛んだだけだった。

「こんなに蜜を溢れさせて、さぞかしここも熱く疼いていることだろうな」

彼が指先で女陰に触れてくる。

「ひっ」

指先で女陰を弄られ、引き攣《つ》った声がもれた。

「そなた、やはり嘘をついていたのだな?」

「違うわ、嘘なんかついてない……」

リアーヌは懸命に否定するが、自分でも身体の奥からなにかが溢れてくるのを感じていては、言葉も力ないものになってしまう。

「ならば、なぜこんなにもそなたのここは濡れているのだ?」

「知らな……んっ」

重なり合う濡れた花唇を指先で広げられ、なにをされるかわからない恐怖に言葉が途切れる。

「クライシュ王国の王である俺に嘘をついた罪は重い。厳罰を下さねばならないな」

「嘘ではありません、私は本当に……」

恐れをなしたリアーヌは反論しようとしたが、乳首や花芽の疼きが一気に増し、言葉が続かなくなった。

「あぁっ……んっ」

疼くそこかしこがむず痒くてたまらず、掻くことができないもどかしさに、全身から汗が噴き出してくる。

「罰《ばつ》としてこのまま薬が切れるまで悶え苦しむがいい」

女陰から手を離したアズハールが身体を起こして立ち上がり、寝台の脇から不愉快そうに見下ろしてきた。

ザファト王国を救うため多大な援助をしてくれた彼は、見返りとして差し出された王女が穢れた身であったと知って怒っているようだ。

けれど、それは勘違いだ。罰を受けるいわれがないリアーヌは、どうしたら処女であることを証明できるだろうかと考えようとするが、身体中で渦巻く掻痒感に思考を妨げられた。

（いやっ……もう我慢できない……）

ツンと尖った乳首は熱く疼き、大きく広げた脚の中心は、なにかが這っているかのようにゾワゾワしている。

両の手足を拘束されたまま放っておかれたのでは、間違いなく心がどうにかなってしまうだろう。

「陛……下……」

震える唇をやっとの思いで動かし、涙に濡れた瞳でアズハールを見上げる。

自分を辱め、苦しめているのは彼にほかならない。できれば彼には縋《すが》りたくない。それでも、他に頼る者がないリアーヌは、涙を呑んで彼に救いを求める。

「お願いです、紐を解いてください……このままでは私、おかしくなってしまい……」

言ってるそばから花芽がヒクンヒクンと疼き、どうにもできないもどかしさに、唇を噛んで唯一、動かせる腰を前後左右に揺らした。

「嘘をついたことを認めるならば、楽にしてやってもいいが？」

交換条件を出してきたアズハールが、どうすると言いたげに見下ろしてくる。

見惚《みと》れるほど端整な顔に浮かんでいるのは、面白がっているような笑みだ。その表情が憎らしくてたまらない。

悔し涙が溢れてきたリアーヌは、スッと視線を逸らす。嘘などついていないのだから、認めたくない気持ちが強いのだ。

「私は……ぁあ……」

否定しようとしたが、またしても疼きに阻《はば》まれる。

いくら我慢しても掻痒感は消えず、我慢しがたい痒さに息が荒くなってきた。

「そなたを苦痛から救えるのは俺だけなのだぞ」

屈み込んできたアズハールにあごを摑まれ、顔を正面に戻される。

「楽になりたくはないのか？」

すぐそこにある黒い瞳を見つめながら、リアーヌは荒い呼吸を繰り返す。

この苦痛から早く逃れたい。けれど、嘘などついていないのだから認めたくない。千々に乱れた心はなかなか決まらなかった。

「なかなか頑固だな」

アズハールがおかしそうに笑う。

「まあよい。王女としては簡単に嘘を認められないのだろう？　今回は特別に許してやるとするか」

しかたなさそうに言って小さく息を吐き出した彼が、イカールを外してクーフィーヤを取った。

肩まである黒い髪が露わになる。艶やかな髪に縁取られた端整な顔は、クーフィーヤを被っているときよりも凜々《りり》しく見えた。

「すぐに楽にしてやるぞ」

ローブを脱ぎ捨てたアズハールが、長衣姿で寝台に上がってくる。

身体の疼きが止まらないリアーヌは、急いた気持ちで彼の動きを目で追う。

彼はどうやって楽にしてくれるつもりなのだろうか。そういえば、いつの間にかサルイートの姿が消えている。寝室にアズハールと二人きりだ。急に不安が募ってきた。

「どこもかしこも熱く疼いているのだろう？」

リアーヌの脇に片膝を立てて座った彼が、火照って赤味を増した身体を舐めるように眺めてくる。

紐を解いてくれるとばかり思っていただけに、ただ眺めてくるだけの彼に不安が増していく。

「さて……」

小さくつぶやいた彼が片手をリアーヌの秘所に伸ばしてくる。

「んっ」

いきなり花芽を摘まれ、腰が大きく跳ね上がった。

「なにをするの？」

花芽に感じたのは気持ちよさだが、楽にするという方法を知らないリアーヌは怯《おび》えた顔でアズハールを見上げる。

「そなたは黙って快感に浸っていればいいのだ」

強い口調で窘《たしな》められ、思わず口をキュッと結んでしまう。すると、彼がこちらに顔を向けたまま、摘んだ花芽を弄り始めた。

「熱くなっているな。こうされると気持ちがいいのではないか？」

どこよりも疼きと痒みが強かったそこを刺激され、リアーヌは羞恥を覚えるどころか、心地よさを感じてしまう。

「あぁ……」

花芽を強く擦られ、引っ張られるほどに腰が揺らめき、身体から力が抜けていく。

「こちらはどうだ？」

花芽を摘んだまま、他の指を蜜口に差し入れ、浅い位置で動かし始める。

愛液が溢れる蜜口を掻き混ぜられ、クチュクチュと淫らな音が聞こえてきた。

自分でも触れたことがない場所を、憎くてたまらないアズハールに弄られているのに、あまりの気持ちよさに拒絶の言葉すら出てこない。

自分でもおかしいと思うのだが、このまま疼く場所を余すところなく刺激してほしくてたまらなかった。

（きっと薬のせいよ……だから、私は……）

こんなふうに思ってしまうのは、妙な薬を使われたからだ。きっと、身体だけでなく、思考にまで変化が及んでしまっているに違いない。

「俺と身体を繋げて気をやれば、薬の効き目は切れる。楽になるまでいくらもかからないぞ」

花芽と蜜口から広がってくる心地よさに浸っていたリアーヌは、聞き捨てならない言葉にパッと目を見開く。

「そんな……身体を繋げるなんて……」

驚愕《きょうがく》の面持ちで彼を見返す。

ほとんどの王女は、王が決めた相手と結婚をする。恋愛の末に結婚する王女など稀《まれ》といえた。

それでも、女性として生まれたからには、結婚には夢を見るものだ。愛する男性、そして、自分を愛してくれる男性と結ばれたい。

こんなふうに、辱められたあげく、愛の欠片も感じられない相手に、身体を奪われたくなどなかった。

「ではこのまま二日、辛抱するか？」

「二日？」

「身体を繋げて気をやらなければ、薬の効き目が切れるまでには二日かかる」

アズハールはこともなげに言ってのけたが、リアーヌはあまりの恐ろしさに思わず息を呑んだ。

今ですらおかしくなってしまいそうなくらい苦しいというのに、身体の内側から発してくる熱と掻痒感に、二日も耐えられる自信はなかった。

「どちらでも好きにしろ」

彼が女陰に触れていた手を引っ込め、立てた膝に腕を預けてこちらを見下ろしてくる。手が離れたとたん、疼きと掻痒感が舞い戻ってきた。弄られたせいか、先ほどまでより強くなっているようにすら感じられる。

「う……んん」

リアーヌは腰をくねらせながら、決断を迫るアズハールを見つめた。

選択肢は二つしかない。彼に処女を奪われて苦痛から逃れるか、放置されて悶え苦しむかのどちらかだ。

「このまま……もう、我慢できない……」

泣く泣く答えを出し、固く目を閉じる。

はなから幸せな結婚など望めない運命にあったのだ。血を受け継ぎながらも、肌が白いというだけで父王に疎まれ、援助の見返りとして差し出された。

どれほど拒《こば》んだところで、自分を妃に選んだアズハールから逃れられるわけもなく、いずれ身体を繋げるときがくる。

それが少し早まるだけのことなのだと、搔痒感に苛まれているリアーヌは自らに強く言い聞かせていた。

「それがいいだろう」

満足そうな声をもらしたアズハールが、足首に結ばれた細い紐を解き始める。

間もなくして両の足が自由になり、さらには両の手も拘束を解かれ、安堵《あんど》のため息をもらす。

「はぁ……」

ひと息ついたところで彼の視線を己の身体に感じ、改めて羞恥を覚えたリアーヌは慌てて寝返りを打つ。

寝台を飛び出して彼から逃れたいところだが、一糸まとわぬ姿ではどうにもならない。なにより、身体の疼きを収めることができるのは彼だけなのだから、逃げている場合ではなかった。

「なにをするの？」

背を向けてジッとしていたリアーヌは、いきなり後ろで両手を一纏《ひとまと》めにされ、驚きの声をあげて振り返る。

「暴れられたのでは困るのでな」

紐を手にしている彼がニッと笑い、後ろ手に縛り上げてきた。

やっと解放されたというのに、またしても両手の自由を奪われ、不満の声をあげる。

「暴れたりしません」

「念のためだ」

聞く耳を持たないアズハールに腕を摑まれ、無理やり起き上がらされた。

「こちらを向いて膝立ちになってみろ」

片膝を立てて座る彼の命令に、リアーヌはジッとしたまま動かない。

すでに全裸を晒しているし、秘所まで覗かれている。いまさら恥じらってもしかたないと思うのだが、自分の意思で正面を向くことには躊躇いがあった。

「俺の言うことを聞かなければ、そなたを柱に繋いで置き去りにする。楽になりたいのであれば、すべての命令に従うんだ」

額にかかる前髪を無造作に搔きあげたアズハールが、早くしろとばかりにあごをクイッと動かしてくる。

抗えない立場にあることを改めて思い知らされたリアーヌは、恥を忍んで彼と向き合い膝立ちになった。

「膝を少し開け」

さらなる命令にも素直に従う。

すると、開いた脚のあいだから溢れた愛液が滴り落ちるのがわかり、咄嗟に尻を落としてペタンと座り込んだ。

「なにをしている？　言われたとおりにしないか」

「はい……」

羞恥に顔を赤くしたリアーヌは、深く項垂れて再び膝立ちになる。

「朱に染まった白肌は艶《なま》めかしいものだな」

愛液を滴らせる己の身体に痛いほどの視線を感じているばかりか、もっとも触れてほしくない白い肌について言及され、消え入りたい心境に陥った。

「ひゃっ……」

項垂れたまま固く目を瞑っていたリアーヌは、いきなり蜜口を撫で上げられた驚きに、またしても尻を落としてしまう。

「立っていられないのなら、俺の肩に寄りかかっていろ」

腕を摑んできた彼に身体を持ち上げられ、無理やり膝立ちにされたリアーヌは、言われたとおり肩に身体を預ける。

男性に身を寄せることに躊躇いはあった。それでも、逆らえば今度こそ本当に放りだされるような気がしたのだ。

「すごい濡れようだな、清い身体などとよく言えたものだ」

片手を背に添えてきた彼がしとどに濡れている蜜口に指を入れ、音がたつほど奥を搔き回される。

「違……うっ……ひっ、あぁぁ……」

念入りに弄られる女陰がこそばゆく、否定の言葉が喘ぎに搔き消されてしまう。

初めての行為では痛みを伴い、さほど快感は得られないと教えられた。それなのに、指を挿れられて痛みを感じていないばかりか、ジンジンと疼く花唇が擦られ、気持ちいいくらいだった。

なぜこんなにも感じてしまうのだろう。これでは、いくら否定しても彼に信じてもらえない。触れられるほどに身を震わせてしまう自分が、ひどく恐ろしくなってきた。

「ふ……はっ」

抜き差しする指の動きを速められ、派手に腰が揺れる。さらには、彼の長衣で凝《こ》ったままの乳首の先端が刺激され、意図せず甘ったるい声がもれた。

「はっ……あぁぁ……」

しがみつきたい衝動に駆られながらも、後ろ手に縛られていてそれができないリアーヌは、寄せている身体をもどかしげに捩る。

「痛みはなさそうだな？　二本に増やすぞ」

耳元で囁いてきた彼が、二本の指を同時に蜜口へと挿れてきた。

「いっ……」

柔襞《やわひだ》を押し広げられる感覚に息が詰まったが、それもほんの一瞬でしかなく、すぐに先ほどよりも甘い声が零れる。

「ぁ……んふ」

彼が蜜口に二本の指を抜き差ししながら、親指で花芽を押し上げてきたのだ。

掻痒感に苛まれていた場所のすべてを刺激され、リアーヌは初めて味わう快感に我を忘れていく。

「んんっ……ふあっ……」

自ら身体を揺らして乳首を長衣に擦りつけ、鼻にかかった甘声をあげ続けた。

「あっ……ああん……」

蜜に濡れた指が出入りするたびに、ぬちゃぬちゃといやらしい音がしたが、それすら心地よく耳に響いてくる。

「もういいだろう」

片手で背中を軽く叩かれ、リアーヌはふと我に返って頭を起こす。

「もうそなたのここは充分に緩んでいるから、身体を繋げるぞ」

改めて言われて身を強ばらせたが、アズハールは笑いながら長衣の裾を捲り上げ、下着代わりの白いズボンを少し下ろして己自身を取り出した。

生まれて初めて目にした、隆々《りゅうりゅう》と天を仰ぐ男性自身に、リアーヌの目が釘づけになる。

（これを私に……）

あまりの太さに、ちょっとした恐怖を覚えた。

それでも身体を繋げなければ、悶え苦しむことになる。

彼自身を受け入れる際には、間違いなく痛みを感じるだろう。けれど、どうせいつかは味わう痛みであり、一度きりの経験と聞いている。

覚悟を決めて視線を上げたリアーヌは、了解の意を込めてコクリとうなずき返した。

「俺の脚を跨《また》げ」

胡座《あぐら》をかいた彼がリアーヌの脇に手を添えてくる。

彼の手を借りて立ち上がり、潔く脚を跨いだ。

「そのまま尻を落としてみろ」

アズハールがそう言いながら、脇を摑んでいる両手で腰を押し下げてきた。

支えなど必要としないほど硬く張り詰めている彼自身は、股間で真っ直ぐにそそり立っている。

「あっ」

先端が濡れた蜜口にあたり、思わず腰が浮いてしまったが、彼が容赦《ようしゃ》なく両手で腰を押し下げると、勢いに任せて先端部分がツルッと入ってきた。

それだけで裂けるような痛みが女陰を走り抜け、リアーヌは唇を嚙んであごを反らす。

「いっ……」

「息を止めるな、楽になるからゆっくり吐き出してみろ」

思いのほか優しい声で促してきたが、あまりの痛みに息ができない。

蜜口に入っている彼自身から逃れようと、中途半端に浮かせたままの腰を揺すった。

「言われたとおりに息を吐き出せ」

アズハールが焦れたように言うなり、腰を突き上げてくる。

「やぁ――――っ」

灼熱の楔《くさび》と化している彼自身が一気に奥を目指し、身体が二つに引き裂かれるような激痛が駆け抜けていき、全身が玉のような汗に濡れた。

「痛い……やっ……もう許して……」

涙ながらに懇願するも聞き入れてもらえず、細い身体を上下に激しく揺さぶられる。痛みが走る花唇を熱い塊で擦られ、最奥を硬く張り詰めた先端で突き上げられ、さらなる汗が噴き出してきた。

「痛みなどすぐに収まるから辛抱するんだ」

片手でリアーヌの腰を抱え込んだアズハールが、もう片方の手で柔らかな乳房を鷲摑みにしてくる。

「んんっ」

指が食い込むほどに強く摑まれ、さらには親指の腹でツンと尖った乳首を撫でられ、長衣に擦れて敏感になっているそこから、甘酸っぱい痺れが広がっていく。

貫かれている痛みは消えないのに、弄ばれる乳首は気持ちよく、意識が双方を行ったり来たりした。

「倒れないよう俺にしがみついていろ」

いつの間にか両の手首を縛める紐《いましめ》を解いた彼に、逞《たくま》しい首へと片手を誘導される。

為《な》すがまま両手でしがみつくと、彼が乳首を刺激しながら、茂みの奥へと手を差し入れてきた。

「あふっ……」

花芽をキュッと摘まれ、彼の肩に顔を埋めていたリアーヌはあごを反らして天を仰ぐ。

花唇から湧きあがる強烈な痛みに忘れていた疼きが、きつい刺激に舞い戻ってくる。

そこを捲り上げるようにして執拗《しつよう》に擦られ、とてつもない快感に全身がわななく。

「はぁ……あぁぁん……」

吐息混じりの声がもれ、自然に腰が揺れた。

「また濡れてきたぞ」

笑いを含んだ声の指摘に、耳がカーッと熱くなる。

自分でも奥から蜜が溢れ出してくるのが、はっきりとわかったのだ。

生まれて初めて男性と身体を繋げたというのに、こんなにも濡れるものなのだろうか。

とめどなく蜜を滴らせ、乳首や花芽を弄られて身悶える自分が、とても淫らに思えてしまう。

このまま行為を続けたら、自分はいったいどうなってしまうのだろうかと、そんなことをぼんやり考えてしまう。

「気持ちよさそうに喘いでいるのは、痛みが消えたからだろう?」

あらぬかたを見つめているリアーヌの瞳を、アズハールが熱っぽい瞳で真っ直ぐに見つめてきた。

問われて初めて痛みが消えていることに気付いたが、快感に酔いしれていたのを認めるのが恥ずかしく、無言で目を逸らす。

「これだけ濡れていれば痛むはずがない」

黙っていてもお見通しだとばかりに、両手で腰を摑んできた彼が、徒《いたずら》に何度も腰を突き上げてくる。

「ひっ……ぃ……ふぅん……」

最奥を硬くて熱い先端で叩かれ、そのたびに鳩尾《みぞおち》のあたりがズクンと疼く。

その疼きが花芽と乳首から湧きあがる快感を増幅させ、身体のそこかしこが甘く痺れていった。

「ここがいいのか？」

彼が面白がったように、狙いを定めて奥を突いてくる。

大きな動きに合わせてリアーヌの細い身体が派手に跳ね上がり、白肌に浮いた汗が飛び散り、長い赤茶色の髪が柔らかに広がった。

「やぁ……そんなふうにしないで……」

突き上げられるほどに内側の疼きが激しくなり、蜜に濡れた花唇までもが今は甘く痺れている。

「そなたはこちらのほうが好みか？」

緩やかな抽挿《ちゅうそう》に変えたアズハールが、再び指先で花芽を擦り出す。

「ああ……」

あまりの気持ちよさに身体から力が抜けていく。

どこよりも、花芽が感じる。触れられているそこから、身体が溶けていきそうだ。

リアーヌの意識は、快感が弾ける花芽だけに向かう。

「んんっ」

敏感な花芽を執拗に撫で回され、次第に甘い痺れが淫靡《いんび》なものに変わり始める。

両手をアズハールの首に絡め、額を広い肩に預け、淫らに腰を揺らめかせた。

すっかり快感の虜《とりこ》になり、身体を満たしていく痺れに酔いしれていたリアーヌは、ふいに襲ってきた抗い難い尿意にハッと我に返る。

（どうして……）

必死に我慢するのだが、花芽を刺激されるほどに尿意が強まっていく。

身体を繋げたまま粗相《そそう》などしたら大変なことになってしまう。

「やめて……」

切羽詰まったところまで追い詰められているリアーヌは、花芽を弄ぶアズハールの手を掴む。

「どうした?」

手の動きを止めた彼が、眉根を寄せて見つめてくる。

「私……」

漏らしてしまいそうだと言えずに口を噤《つぐ》み、必死の形相《ぎょうそう》で彼を見返す。

動きは止まっているが、花芽は熱く疼いたままで、尿意も収まらない。繋がりを解くために腰を上げたとたんに粗相をしてしまいそうで、身動きが取れない。

「そろそろ気をやりたくなったようだな。では、ともにいくか」

理解し難い言葉を口にしたアズハールに、いきなり組み敷かれる。

押し倒された振動で漏らしそうになったリアーヌは、咄嗟に下腹に力を入れた。

「そのように締めつけるな、俺を食いちぎるつもりか?」

「そんなこと……んっ……んん」

「もっと奥を突いてほしいようだな」

楽しげな声が聞こえてくると同時に、リアーヌの両の脚を担いだ彼が、大きく腰を使い始める。

「いやっ、やめて……」

両脇に手をついている彼の腕を摑み、必死に頭を左右に振った。

最奥を突き上げられる衝撃に、尿意は我慢の限界を超えそうになっている。

「お願い……漏れてしまう……」

恥を忍んで声をあげたにもかかわらず、アズハールは小さく笑っただけで取り合わず、抽挿の速度を上げてきた。

「ダメよ……私……」

女陰全体が甘く痺れ、突き上げられる最奥が妖しく疼き、ついには堪えられなくなる。

「陛下……お許しを……」

向かう先にあるのが絶頂とも知らないリアーヌは、両手で顔を覆って啜《すす》り泣きながら、抗い難い奔流《ほんりゆう》に飲み込まれていった。

「あぁ………」

心地よい痺れがさざ波のように全身に広がっていく。

かつて感じたことがない解放感に、頭の中が真っ白になる。

「いい顔をしている」

笑いを含んだ声が遠くから届き、腰が大きく跳ね上がるほどに、激しく最奥を突き上げられる。

「んっ」

アズハールが短く呻《うめ》くと同時に、己の内側に熱い迸《ほとばし》りを感じたが、それがなにかを考える余力も残っていないリアーヌは、疲れ果てた身体を寝台に横たえたまま、深い眠りに落ちていった。

第五章　囚われの凌愛

朝の政《まつりごと》を終えたばかりのアズハールは盛装姿のまま、イシュルとサルイートを従え、ハレムの端に設けられている部屋に向かっていた。

ハレムには幾つもの宮があり、それぞれに妃が暮らしている。王はその日に抱きたい妃の宮を訪れ、快楽に耽《ふけ》るのだが、ときに場所を変えたくなるときもある。

そうしたときに使われるのが、これから向かう王のために特別に用意された寝室だ。

「あまり大人げない仕打ちをなさると、リアーヌさまに本気で嫌悪されてしまいますよ」

「わかっている」

すぐ後ろから従ってくるイシュルの忠告に短く答え、アズハールは緋色の絨毯が敷かれた長い廊下をゆっくりと歩いていく。

「寝室に軟禁《なんきん》状態にしたりして、本当にわかっていらっしゃるのですか?」

「しつこい」

振り返りざまイシュルを怒鳴りつけ、王のための寝室を目指す。

リアーヌに反抗的な態度を取られて機嫌を悪くしたのは、彼女に惚《ほ》れているからにほかならない。

初めて彼女を目にした瞬間に恋に落ちていた。珍しい外見に興味を持ったのがきっかけとはいえ、官能的な舞いを見て彼女の虜になった。

それればかりか、ムハマンド国王をはじめとした王族との確執《かくしつ》を知り、哀れな生活から救い出してやりたくなり、彼女を妃に選んだ。

あのときは、喜びを露わにするリアーヌを想像していたのだが、あろうことか彼女は妃になることを拒んだ。

最初は他の王女たちの侮辱的な言葉に、ああ言うしかなかったのだろうと思い、気にせず妃として迎えたのだが、彼女の態度は変わらなかった。

二度までも拒絶されれば、さすがに苛立ちを覚える。とはいえ、彼女を心から欲しているのだから、自由にしてやるつもりはない。

二人で迎える甘い初夜への期待も裏切られ、不満が募った末に考えついたのが、ちょっとした仕置きだった。

処女であるかどうかを確かめる儀式など、クライイシュ王国では行われていない。薬はただの媚薬《びやく》で、彼女に身を任せる覚悟を決めさせるために嘘をついた。

惚れた女を抱きたいと思うのは男の性《さが》だ。どうあってもリアーヌを抱きたい衝動に駆られ、イシュルやサルイートを巻き込んだのだった。

ところが、一度、身を任せてしまえば素直になるだろうと思っていたのに、正気に戻った彼女は身を寄せてくるどころか、腕の中から逃げ出そうとした。

アラブ諸国においては、王女であっても女性の立場は低い。本来、女性は男に従順であるべきにもかかわらず、どこまでも自分を拒む彼女にまたしても腹立ち、少し懲《こ》らしめてやるために、リアーヌを寝室に軟禁したのだった。

明かり取りの窓から細い陽が差し込んでくる廊下を渡りきると、ひときわ贅沢な装飾を施した扉がある。そこが、王のために用意された寝室だ。

「開けろ」

扉の前で足を止めたアズハールの前に、すかさずイシュルが出てくる。

彼は手早く鍵《かぎ》を開け、重い扉を開けた。

扉が開く音に驚き、慌てたように寝台から立ち上がったリアーヌが、怯《おび》えた顔で窓際まで下がっていく。

広く快適な寝室とはいえ、鍵がかけられて出ることもできず、ひとり一夜を明かした彼女は、さぞかし不安だったことだろう。白い肌がすっかり蒼ざめ、唇も色を失っている。

「薬の効き目は切れたか？」

「はい……」

小さな声で返事をした彼女が、恥ずかしげに項垂れた。

「薬に反応したそなたを、妃として迎えることはできない。なんとも残念なことだ」

リアーヌが処女であったことは明白だが、アズハールは平然と嘘をついた。頑《かたく》なに妃になることを拒まれた腹立ちが、いまだに収まっていないのだ。

「陛下、私は清く生きてまいりました。どうか信じてください」

パッと顔を起こした彼女は、強い口調で反論してきた。

夜着の前で両手をきつく握り締め、細い身体を震わせながらも、真っ直ぐにこちらを見ている彼女に、アズハールはゆっくりと歩み寄っていく。

「あの薬は穢れた身体にしか反応しない、そうだろう？」

わざとらしくリアーヌから背後に立つサルイートへと視線を移す。

「さようで」

彼が表情ひとつ変えることなく同意すると、意を決したように彼女が前に出てきた。

「けれど、昨日までの私は確かに清い身体でした」

「その証拠に、そなたはまるで男を知っているかのように、快感を得ていたではないか」

きつく両手を握り締めたまま、毅然《きぜん》とこちらを見て言い放ってきたリアーヌも、アズハールが強い口調で指摘すると、怯《ひる》んだように視線を逸らして唇を噛んだ。

しかし、それはほんの一瞬のことでしかなく、彼女は再び真っ直ぐにこちらを見返してきた。

「きっとあの薬のせいです……私が清い身体であるのに反応しただけでなく、私の身体をおかしくしたのです」

リアーヌは身の潔白を証明しようと必死だ。

王宮のハレムで生まれ育った彼女が、婚姻前に男と身体を繋げるなどあり得ず、はなから疑ってなどいなかったし、昨日の行為で処女であったことを確認している。

それでも、完全に腹立ちが収まっていないアズハールは、あえてサルイートに問いを投げかけた。

「リアーヌ姫はこう申しているが、あり得ることか？」

「わたくしにも、そこまでは」

こちらをチラリと見てきた彼が、不明確な答えを口にして軽く肩をすくめる。

王女を騙すような真似を彼は快く思っていない。媚薬を使うことにも反対した。それでも、王の命令には逆らえない立場にある彼は、渋々ながら従ったにすぎず、これ以上、リアーヌを追い詰めたくはないらしい。

だが、薬を調合した術師の同意を得られなければ、彼女の救いにはならない。案の定、彼女が必死の形相でさらに前に出てきた。

「人によって薬の作用が異なることもあるはずです。昨日の私はあの薬によって、いつもとは違う身体になってしまったのです」

「では、薬を使わなければ、絶対に感じたりしないのだな？」

「もちろんです」

彼女は気丈にもきっぱりと言い切った。

泣いて縋ってくるかと思っていたが、意外にも芯はしっかりしているようだ。愛情を注いでくれるはずの父親に疎まれ、ハレムでひとり寂しく生きてきたというのに、なんと心が強いのだろうか。

周りには男に媚びへつらう女性しかおらず、それが当然だと思ってきた。リアーヌのように、男に立ち向かってくる女性は初めてで、アズハールはひどく独占欲をそそられた。

「そこまで言うのであれば、確かめさせてもらおう」

窓際に立つ彼女にズイッと迫り、細い腕を掴んで勢いよく後ろ向きにする。

「なっ……」

彼女は驚きの声をあげたが、それを無視してイシュルたちに命じる。

「そなたたち、このままリアーヌ姫を壁に押さえつけておけ」

「陛下……」

乱暴な真似に眉をひそめたイシュルとサルイートは、素直に命令に従おうとしない。

しかし、震えながらも負けじと言い返してくるリアーヌに、かつてないほどの昂揚感を覚えたアズハールは、彼女の腕を掴んだまま改めて命じる。

「リアーヌ姫に身の潔白を証明する機会を与えてやるのだ、早くしろ」

「やめて、いやよ……」

二人がかりで肩を押さえつけられ、顔を横に向けて悲鳴をあげた彼女が激しく抗う。

「結果はすぐにわかる。おとなしくしているのが身のためだ」

背後に立って彼女に言い聞かせたアズハールは、指先をペロリと舐めて濡らすと、捲り上げた長い夜着の裾から中に手を入れ、躊躇うことなく花芽を捕らえる。

「ぅ……ん」

敏感な場所を唾液に濡れた指先で刺激され、ピクンと肩を跳ね上げた彼女が、手から逃れようと必死に腰を捩った。

しかし、二人の男に身体を押さえつけられていては、容易く逃げられるわけもない。今の彼女はこちらの為すがままだ。

夜着に覆われた背を片手で押さえ、指の腹で緩やかに花芽を撫で回してやると、彼女からせつなげな声がもれた。

「あぁ……」

花芽で弾けた快感に脱力したのか、膝がカクンと折れる。

すかさずイシュルたちが頽《くずお》れそうになった身体を支え、彼女を無理やり立たせた。

普通の女性であれば辱めに耐えかね、ついていない嘘を認め、詫びてくることだろう。

この期に及んでもそれをしないリアーヌに、ますます気持ちが昂ぶっていく。

「どうした、もう感じているのか？」

「違います」

震える細い肩にあごをあずけ、耳元で意地悪く訊ねてみると、彼女は思いのほかしっかりした口調で反論してきた。

しかし、すぐに口答えもできなくなるだろう。ひとたび快感を覚えた身体は正直なもので、すでに女陰は湿気を帯びている。花芽に加え、蜜口を弄ってやれば、彼女はたまらない快感に我を忘れて身悶えるはずだ。

「少し触れただけだというのに、硬く凝ってきたではないか」

花芽を守る包皮を捲り、ツンと尖った芯を摘んでやると、リアーヌはしっとりと汗ばんだ白い首を反らし、ガクガクと身体を震わせた。

「や……んっ……く」

「早くもここが濡れてきたようだが？」

花芽から花唇へと、指先をツイッと滑らせる。

「し……知りませ……ん」

頭を振って否定する必死な彼女の顔を見つめつつ、ゆるゆると蜜口の中に指を進めていく。

「易々《やすやす》と俺の指を飲み込んでいくな？」

「もうやめて、お願い……」

こちらを振り返ったリアーヌが、涙に潤んだ瞳を向けてきた。

魅惑的なアーモンド色の瞳、ほんのりと朱に染まった白く滑らかな肌、わななく艶っぽい唇に、アズハールの体温が一気に上がる。

「これほど濡れているのに、ここで止めたりしたらそなたが辛くなるぞ」

「かまわないから、やめ……んんっ」

蜜口に挿れた指を抜き差ししただけで、彼女の拒絶の言葉が喘《あえ》ぎに飲み込まれた。腰が妖しく揺らめいていて、吐き出す息も熱くなっている。なにより、蜜口の奥がしとどに濡れていた。

口では拒みながらも、彼女の身体はあきらかに男を欲しがっている。そんなリアーヌを前に、アズハールも辛抱が利かなくなる。

イシュルたちがいることもあり、辱めるだけに留めておくつもりだったが、あっさり考えを変えた。

片手で夜着の上から乳房を揉みしだき、蜜口にさらなる指を加えて、中を掻き混ぜるようにして抜き差しを始める。と同時に、リアーヌを押さえつけている彼らに部屋から出て行くよう目配せをした。

「いっ……はああ……っ」

湧きあがってくる快感に、あごを反らして甘声をあげる彼女は、彼らが離れたことにすら気がついていないようだ。

サルイートに続いて寝室を出たイシュルが扉を閉めるのを確認し、アズハールは快楽に溺れつつあるリアーヌに声をかける。

「さあ、素直に気をやりたいと言ってみろ。ここを弄られると気持ちがいいのだろう？」

愛液にまみれた指を蜜口から抜き出し、硬く凝ったままの花芽を撫で回す。

「んふっ……やっ……あああぁ……」

嬌声をあげて長い髪を振り乱す彼女は、もう完全に快感の虜になっている。

「気をやりたくないのか？」

「私は……」

まだわずかながらも理性が残っているのだろうか、彼女は望みを口にすることなく苦しげに首を振った。

ならば、どうあっても言わせるまでと、自ら長衣の裾を捲ってズボンの中から己を取り出し、背後からリアーヌを貫く。

「はぅ」

唐突な挿入に大きく仰け反った彼女を、片腕にしっかりと抱き留める。

たっぷりの愛液が己にまとわりついてくる感覚がなんとも心地よく、深く貫いたまま腰を揺り動かす。

「そなたの中が熱く疼いているぞ」

逃げ腰になる彼女の身体を抱き寄せ、最奥を何度も突き上げる。

「ぃ……や……」

「いやだと言いながら、そなたの襞は俺に食らいついてくるではないか。気持ちよくてしかたないのだろう？」

「言わないで……もう……」

壁に片頬を押しつけている彼女の耳が、辱めの言葉に赤く染まっていく。

恥じらう彼女が愛おしくてたまらず、もっと乱れさせたくなってくる。

「ひっ……」

空いた片手で夜着の上から花芽を刺激してやると、喉の奥を鳴らして身震いした彼女がアズハールの手を摑んできた。

「あぁ……ダメよ……いやっ……お願……ぃ」

切羽詰まった声をもらした彼女の、指先の震えが手に伝わってくる。どうやら、昇り詰めてしまいそうになっているようだ。

快楽を覚えたばかりの身体は、刺激に弱いものであり、焦らすつもりがないアズハールは、彼女の手を払いのけて夜着の裾を捲り上げ、直《じか》に花芽に触れてやる。

硬く凝っている花芽が、熱く疼いているのが触れただけでわかった。貫いている蜜口から零れてくる愛液を指先ですくい取り、花芽の先端をクルクルと撫で回す。

愛撫するほどに、リアーヌの震えと息づかいが激しくなっていく。腰を使いながらさらに撫でてやると、いくらもせずに彼女の頭が大きくこちらに傾いてきた。

「あああぁ――――」

寝室の高い天井に、極まった彼女の声が響き渡る。

と同時に貫いている蜜口の奥が熱くうねり、硬く張り詰めた己自身をきつく締めつけられた。

「んっ、く……」

脱力しそうなリアーヌを片手で抱き留めながら、ひときわ大きく腰を突き上げて極まりの声をもらしたアズハールは、荒々しくうねる最奥に向けて熱い精を迸らせる。

「ふぅ……」

一拍おいて繫がりを解き、手早く身なりを整えた。

片腕に支えているリアーヌは、すっかり力が抜けてしまっている。

「はぁ、はぁ……」

「潔白《けっぱく》を証明することは叶わなかったようだな？」

項垂れたまま呼吸を乱していた彼女が、ハッと我に返ったようにこちらに向き直った。

達したばかりで顔は紅潮しているが、見上げてくる大きな瞳には不安が宿っている。薬を使わなければ感じたりしない、そう言い張ったのは彼女だ。それが易々《やすやす》と覆されてしまったのだから、さぞかし動揺していることだろう。

「陛下……私はどうなるのでしょう……」

抱き留める腕から離れ、自らの足でしっかりと立ち、おずおずと訊ねてきた彼女を、アズハールは腕組みをしてつかの間、見つめる。

己の処遇《しょぐう》が気になっているようだが、どうするつもりもない。ただ、リアーヌを妃として娶り、ハレムに入れたいだけだ。

とはいえ、そう言ったところで、妃になることを拒んできた彼女が、簡単に同意するとは思えなかった。

「処女と偽《いつわ》って嫁いできた者は、処刑、あるいは幽閉《ゆうへい》するのが習わしだ」

「そんな……」

一瞬にして硬直したリアーヌが、驚愕《きょうがく》の面持ちで見返してくる。

「だが、そなたは俺の子を宿している可能性がある。今回の件に関しては非を問わぬが、妃としてハレムに入ってもらう」

「ハレムに……」

不服そうなつぶやきをもらした彼女に、アズハールはさらなる言葉を向けた。

「援助をしたザファト王国から妃として迎えた王女が、穢れた身だったと周りに知られたりすれば、俺も恥をかくことになる。そなたは自ら触れて回るほど愚《おろ》かではないと思うが、他言無用だ」

厳しい口調で言い放ったアズハールを、彼女がなにか言いたげな顔で見てくる。

しかし、反論の余地はないと思い直したのか、神妙な面持ちでキュッと口を結んだ。

「そなたは俺の妃となる、よいな？」

「はい……」

リアーヌの顔を見れば本意ではないとわかるが、そんなことはどうでもよかった。

彼女が妃としてハレムに入ることに同意してくれれば、それで充分なのだ。

「イシュル！」

「お呼びで」

声をかけると同時に扉を開けたイシュルが、直立不動でこちらを見てくる。

「リアーヌ姫を〈月の宮〉に連れて行ってやれ」

「はっ」

命じられたイシュルが、一礼して寝室に入ってきた。

入れ違いに出ていったアズハールに、廊下で待っていたサルイートが厳しい眼差しを向けてくる。

「サルイート、まだいたのか?」

素知らぬ顔で前を通り過ぎ、悠然《ゆうぜん》と廊下を歩き出すと、すぐさま追いかけてきた彼が隣に並ぶ。

王であるアズハールに並んで歩く者は、クライシュ王国でサルイートしかいない。

幼馴染みであり、旧知の友でもあるイシュルでさえ、アズハールが王位を継いでからはあとに従うようになったというのに、サルイートは気にしたふうもなく横に並ぶ。

また、アズハールもそれを気にしていなかった。自分より年齢がはるかに上ということもあるが、王に並んで歩いてはいけないという規則があるわけではないからだ。

仮にイシュルが隣に来ても文句を言うつもりはない。今は国王となったが、王子の時代から気心が知れた間柄なのだから、好きにすればいいと思っているのだ。

「陛下、お遊びが過ぎます」

さっそく咎めてきたサルイートのきつい視線を真横に感じながらも、アズハールは平然と答えを返す。

「ハレムに入ることに納得させた。俺もこれで満足だ」

「その言葉、お忘れなきよう願います」

言い聞かせるような口調で念を押してきた彼の顔を、足を止めることなく見つめる。

「そなた、リアーヌ姫を憐《あわ》れんでいるのか？」

「あらぬ疑いをかけられていらっしゃるのですから、誰もがリアーヌさまに憐れみの気持ちを抱くと思いますが？」

批難めいた視線を向けられ、アズハールは思わず苦笑いを浮かべた。

「わかった、わかった。これからはたいせつにするから心配するな」

うるさいことを言うなとばかりにサルイートを一瞥《いちべつ》し、一気に足を速める。

リアーヌの態度に腹立ちを覚え、ちょっとばかり苛めたくなったにすぎない。

素直に妃としてハレムに入りさえすれば、こんなことにはならなかったのだ。一方的に悪者にされるのは心外だった。

しかし、サルイートはまだいい足りないのか、急ぎ足でアズハールを追ってくると、またしても隣に並んだ。

「だいたい、はじめから素直に愛しているとお伝えになれば、リアーヌさまも心が動いたことでしょうに」

「愛は察するものだ」

そんなことができるかとすぐさま言い返したが、彼は呆れたように肩をすくめる。

「また、そのようなことを……愛を口にしてこそアラブの男だというのに」

「一国の王たる者、軽々しく愛を口にできるか」

強がってみせたアズハールは、プイと顔を背ける。

アラブの男たちは、女性を口説くことに対して貪欲《どんよく》だ。そのためにか、息をするかのごとく愛の言葉を口にする。

それがアラブの男のあるべき姿だと思っている。だから、嫁いできたリアーヌには、愛の言葉を山ほど囁くつもりでいた。

それなのに、一度ならず二度までも拒まれたことで、言う気が削《そ》がれてしまったのだ。

「頑固でいらっしゃる」

強がりだと容易に見抜いたらしく、サルイートは笑いを押し殺している。

生まれた時から今日までの自分を知られているだけに、彼に笑われるのは面映《おもは》ゆいが、アズハールはあくまでも顔に出すことなく、当然のように言い返す。

「クライシュ家の男が頑固なのは、誰よりもそなたがわかっているはずだろう。先に行くぞ」

照れ隠しから声高に言い放ち、より歩みを速めた。

とりあえず言いたいことは言えたのか、サルイートは追ってこようとしない。

長いローブの裾を翻しながら廊下を歩いていたアズハールは、中庭に続く曲がり角に来たところで足を止め、青々とした空を仰ぎ見る。

「やりすぎたのだろうか……」

イシュルとサルイートに咎められ、さすがに不安になってきた。

惚れ込んでいるからこそ、リアーヌの態度に腹立ちを覚えたのだ。聞きたかったのは拒絶ではなく、喜びの言葉だった。

いったいなぜ、それほどまでに大国の王に嫁ぐことを嫌がったのだろう。望んだところで、簡単には手に入れることができない立場だけに、なんとも解せない。

「もしや、惚れた男が……」

頑なに拒む理由などそうそう思い浮かばず、一抹の不安が脳裏を過る。

「まあ、仮に惚れた男がいたにしろ、叶わぬ恋だ。これから優しく扱ってやれば、心を開いて他の男のことなど忘れるだろう」

リアーヌの身体だけでなく、心も手に入れたいアズハールは、ともに愛を語り合える日が訪れるかどうかは自分の態度次第だと、青空を見上げながら自らに言い聞かせていた。

第六章　快感に乱れ舞って

リアーヌが妃としてハレムに入ることに同意してから、早いもので一週間になる。

アズハールは政務に忙殺《ぼうさつ》されているのか、はたまた他の妃の宮に通うのが忙しいのか、軟禁されていた部屋で会ったのを最後に姿を見ていない。

しかし、リアーヌが〈月の宮〉で退屈な日々を過ごしているかといえば、けっしてそうではなかった。

婚礼の準備が着々と進んでいるのだ。毎日のように婚礼衣装の打ち合わせのため、担当の女官たちが現れる。デザインが決まるまでに二日、生地選びに三日かかり、昨日今日は装飾品を選ぶのに長い時間を費やしていた。

「はぁ……」

見本の数々を載せた盆《ぼん》を持った女官たちが〈月の宮〉をあとにし、ようやくひと息つくことができたリアーヌは、居間に置かれた長椅子に身を投げ出し、ぼんやりと天井を見上げた。

いつもそばにいるサラーサは、茶の用意をすると言って出て行き、居間にはリアーヌひとりきりだ。

「こんなものを着けていたら逃げることもできない……」

右手を高く挙げ、手首を飾る腕輪を見つめる。

軟禁状態を解かれると同時に、イシュルによって右の手首に腕輪をはめられた。

無垢の黄金で作られた幅広の腕輪には、贅沢に色とりどりの宝石がちりばめられているだけでなく、クライシュ王国の紋章が彫り込まれている。

ハレムに入った妃は、この腕輪をはめることが義務づけられているのだと説明された。

さらには、腕輪は妃の証であるだけでなく、とても高価なものであるから、これをはめてひとりで宮殿の外に出たりすれば、間違いなく身に危険が及ぶと教えられた。

「奴隷に烙印を押すようなものね」

やるせない思いで小さなため息をもらし、右手を力なく落とす。

ハレムに入ることに同意はしたが、恋してきたアズハールから二度までも人前で辱められたリアーヌは、ひどく傷ついている。できればすぐにでもクライシュ王国から逃げ出したいと、そう思うまでになっていた。

このままハレムにいたのでは、いつまた辱めを受けるかわからない。自分を弄ぶことしか考えていないようなアズハールの妃として、この国で生きていきたくなどなかった。

「どうしたら……」

再び右手の腕輪に目を向ける。

腕輪をはめたまま宮殿の外に出る勇気はない。イシュルの説明がたんなる脅しではないことくらい、砂漠の国に生まれたリアーヌはわかっていた。

ザファト王国は平和な国だったが、それでも王宮の外で起こっている物騒な話は、ハレムにまで届いてきたものだ。

何倍もの大きさを誇るクライシュ王国も、平和が保たれていると聞いているが、同じように悪行を働く人間がいるだろう。

それに、各国のあいだに広がる砂漠には、盗賊が出没すると聞いている。彼らは身分の高い人間を見逃さず、奇襲攻撃をかけてすべてを剝ぎ取り、水も食料もない砂漠に置き去りにするらしい。

この贅沢きわまりない腕輪をつけていては、間違いなくどこを歩いていても危険が及びそうだ。

けれど、腕輪には見えない場所に小さな鍵穴があり、自分では外すことができないようになっている。

鍵を持っているのはイシュルだが、頼んだところで外してくれるわけもなく、逃げる覚悟を決めたときには、腕輪をはめたまま宮殿の外にでるしかない。

「いくら考えても、自由にはなれないのよ……」

八方塞《はっぽうふさ》がりの状態にあることを改めて思い知り、リアーヌは悲嘆《ひたん》に暮れる。

「姫さま、女官長がお菓子を届けてくださいました」

楕円形の大きな盆を持ったサラーサが、嬉しそうに言いながら居間に入ってきた。

急ぎ起き上がって長椅子に座り直し、ドレスの裾をさりげなく整えたリアーヌは、彼女が差し出してきた盆を覗き込む。

小麦と卵を使った丸い形をした焼き菓子の上に、完熟したナツメヤシを干したデーツが乗っている。

漂う甘い香りは馴染みのあるもので、匂いを嗅いだだけで自然と頬が緩んできた。

「美味しそう、一緒に食べましょう」

リアーヌは声をかけて長椅子から立ち上がり、居間の中央に広げられたアラベスク模様の敷物へと移動する。

〈月の宮〉の部屋の至るところに、洒落《しゃれ》た椅子が置かれていて、座って休むことも多いのだが、基本的には床の敷物に腰を下ろして過ごしていた。

サラーサが敷物の中央に盆を置き、その前にちょこんと座る。リアーヌは彼女の向かい側に横座りした。

「あっ、明日の午後に婚礼衣装の仮縫いをしますと、女官長が仰ってました」

椀に茶を注いでいた彼女が、ふと思い出したように言った。

「わかったわ」

軽くうなずき、彼女の手から椀を受け取り、ほの温かい茶を啜る。

「婚礼まで日があるというのに、ずいぶん急ぐのですね？」

「他にすることもないし、気が紛れていいわ」

サラーサと同じ思いはあったが、考えたところで意味がない気がするリアーヌは、柔らかに微笑んで肩をすくめた。

「姫さま、先にいただいてもよろしいですか？」

「たくさんあるのだから、好きなだけ食べて」

リアーヌの勧めに、彼女が待ちかねたように焼き菓子へ手を伸ばす。

本来であれば侍女が主人と一緒に茶を飲むことなどあり得ない。けれど、サラーサは侍女という立場にあるだけで、心を許せる友人だと考えるリアーヌは、三度の食事はもちろんのこと、茶の時間も彼女を同席させていた。

「美味しいっ」

焼き菓子を頬張るなり声をあげた彼女が、片手で早く食べてみろと勧めてくる。

茶を啜っていたリアーヌは手を伸ばして焼き菓子を取り上げ、充分に香りを楽しんでから端を齧った。

「あら、ほんと」

母国を思い起こさせる懐かしい味に、互いに顔を見合わせて笑みを浮かべる。

サラーサといると楽しい。こうして二人で茶を飲んで、ザファト王国にいたときと同じように過ごしていると、クライシュ王国にいることを忘れられた。

「そういえば、しばらく踊ってないわね……」

穏やかに流れていく時間に、茶を飲んだあと無心に舞っていた、かつての日々のことを思い出す。

焼き菓子を食べながら茶を飲んでいたサラーサが、急に思い立ったかのように椀を盆に戻して立ち上がる。

「私も拝見したいです。お衣装を用意しますね」

そう言うなり、そそくさと衣装を収めている部屋に向かう。

この国に来てからというもの、まったく踊る気持ちになれなかったリアーヌも、彼女のはしゃいだ様子を見てその気になる。

口に残る焼き菓子を茶で喉に流し込み、手にしている椀を盆に戻して腰を上げた。

「姫さまー、赤いお衣装でよろしいですかー」

ヒョイと顔を覗かせた大きな声をあげたサラーサに、リアーヌは笑顔でうなずき返し、急ぎ足で彼女のもとに向かう。

舞いたい気持ちすら失うほど、クライシュ王国に来てからは嫌なことばかりだった。けれど、いったん気持ちが戻ってくると、踊りたくてしかたなくなってくる。

久しぶりに気分が昂揚してきたリアーヌは、いつになく晴れやかな笑みを浮かべ、頭の中でリズムを刻んでいた。

＊＊＊＊＊

居間に敷かれていた敷物を丸めて脇に寄せ、サラーサが簡単な舞台を作ってくれた。観客は正面の長椅子に座っている彼女ひとりで、曲を奏でる楽師もいない。なんとも質素な舞台だったが、ザファト王国でも似たようなものだった。

大理石の床を舞台に見立て、サラーサを前に素足で舞うリアーヌは、肌も露わな真紅の衣装に身を包んでいる。

小さな胸当てと、細い肩紐には金糸で刺繍が施され、深いスリットが入っている柔らかなスカートに、小さなコインを連ならせた腰飾りを巻いていた。

たくさんのコインはちょっとした動きにも、シャラシャラと軽やかな音を立てる。激しく身体を振れば、より大きな音がした。

さらには、同じくコインを連ならせた髪飾り、コインつきの足輪、左右の手の親指と人差し指につけた、ジルと呼ばれる中央が窪んだ円形の小さな金属の響きが混じり合い、複雑な音を奏でている。

腰を緩やかに回しながら、両手のジルを打ち鳴らす。指の強弱によって、リーンリーンと高音が長く響いたり、シャンシャーンと爽やかな音を立てる。

舞いのリズムは身体が覚えているため、楽師が奏でるダラブッカやウードの調べがなくても、踊るにはなんら支障がない。

速く大きなターンに何枚も重ねた薄絹のスカートが柔らかに波打ちながら翻り、髪飾りや腰飾りのコインが派手に鳴った。

一点を見つめ、無心で舞うリアーヌの頬はうっすらと赤味が差し、白い肌には汗が浮かび上がっている。

「あっ……」

高く手を掲げてジルを打ち鳴らしながら、大きく背を反らしたとき、居間の入り口に立つアズハールの姿が目に飛び込んできた。

慌てて身体を起こして彼に向き直ったリアーヌは、舞いを見られていたことに恥ずかしさを覚え、わずかに項垂れる。

長椅子から跳び上がるようにして立ち上がったサラーサは、素早く居間の隅まで下がっていき、急いた様子でフェイスベールをつけた。

リアーヌと二人きりのときは、とくに顔を隠す必要もない。けれど、王の前で使用人が素顔を晒すのは許されないからだ。

「そなたは本当に舞いが上手いのだな。これまで見てきたどの踊り子より見応えがある」

微笑みを浮かべたアズハールが、長いローブの裾をはためかせながら歩み寄ってきた。

「そなたの舞いをもっと見たい。続けてくれないか？」

リアーヌの肩を軽く叩くと、彼はそのまま長椅子に向かい、どっかりと腰を下ろす。

彼の口調はいつになく柔らかだった。そればかりか、自分の舞いを褒めてきた。ちょっとした驚きを覚え、真っ直ぐにこちらを見ている彼に、控えめに視線を向ける。

幼いころから肌の色を馬鹿にされ続けてきた。実の父であるムハマンド国王に褒められることなどひとつもなく、ただただ虚しい日々を送ってきた。

それが、ふとしたきっかけで舞いが好きになり、名うての踊り子にも引けを取らないほどに上達すると、ムハマンド国王が褒めてくれたのだ。

どんなに疎まれていても、たとえ舞いに関してだけであっても、父親に褒められるのは嬉しいものであり、ますます踊りにのめり込んでいった。

西洋の血を受け継ぎ、白い肌をした自分にとって誇れるものは舞いしかない。それをアズハールが認めてくれたのだから、やはり喜びを感じずにはいられなかった。

深く吸った息をゆっくりと吐き出し、彼の正面で姿勢を正したリアーヌは、指先で摘んだスカートを広げて片足を後ろに流し、ゆっくりと頭を下げる。

静かな居間に聞こえるのは己の息遣いだけだ。アズハールはこちらを見ているが、すでに自分の世界に入っている今は視線も気にならない。

床を踏んでタンと最初の音を刻んだリアーヌは、両手を広げてジルを小刻みに打ち鳴らし、軽やかな音を居間に響かせながら舞い始めた。

長い赤茶色の髪を振り乱し、たっぷりとしたスカートの裾を翻し、妖しくしなやかに細い身体をくねらせる。

激しく腰を左右に揺らすと、腰飾りのコインがシャランシャランと鳴り響く。仰け反って頭を振ると、髪飾りのコインもシャラシャラと音を立てる。

打ち鳴らし続けているジルの響きに、コインの音が共鳴し、官能的な舞いをより妖艶《ようえん》なものにしていく。

自分の舞いをアズハールが眺めているのも忘れたリアーヌは、遠くを見つめながら舞うことだけに没頭していた。

「舞っているときのそなたは、なんとも艶っぽいものだな」

目の前にいるアズハールに驚き、動きをピタリと止める。

踊りに夢中になるあまり、長椅子から立ち上がったことにさえ気づかなかった。

「香り立つ汗の匂いがたまらない……」

いきなり腰を抱き寄せてきた彼が、汗ばんだ肩口に顔を埋めてくる。

さらには、強く柔肌を吸い上げながら、細い肩紐を外してきた。

「陛下……」

慌てたリアーヌは、居間の隅へと目を向ける。

アズハールが下がるよう命じたのか、そこにいるはずのサラーサの姿がなかった。

「一糸まとわぬ姿で舞うそなたが見たい」

顔を起こした彼が、細い肩紐で吊っている胸当てを慣れた手つきで外し、床にポンと放り投げる。

「やめてください」

露わにされた乳房を咄嗟に両手で覆い隠し、床にしゃがみ込んだ。

しかし、胸当てを拾い上げるより早く彼に腕を掴まれ、無理やり立ち上がらされた。

「いやです、手を離してください」

胸を隠したまま抗ったが、アズハールが聞き入れてくれるわけもなく、スカートまで脱がされてしまう。

「なにを……」

リアーヌの顔が蒼白になっていく。

舞いの際は下着をつける習慣がなく、スカートを脱がされた今は、身体に残っているのは腰飾りなどの装身具だけになってしまった。

腰飾りには、コインを連ねた細い鎖が数え切れないほど垂れ下がっている。それは茂みを隠すだけの長さがあるのだが、ちょっとした動きにも鎖は揺れ、簡単に秘所が露わになる。こんなはしたない姿で、舞えるわけがない。

「陛下、お許しを……」

「俺の命令に逆らえ……」

こちらのあごを捕らえる寸前で手を下ろしたアズハールが、不意に言葉を切り苦々しく笑う。

「嫌ならしかたない、好きにしろ」

彼が簡単に引き下がった驚きに、リアーヌは思わず息を呑む。

これまでの彼であれば、有無を言わさず命令に従わせてきたはずだ。

このまま衣装を身につけても、本当に怒らないのだろうか。それとも、これはなにかの罠で、彼の言葉を信じて衣装を身につければ、もっとひどい仕打ちが待っているのではないだろうか。

彼が妃として自分をハレムに入れたのは、己の体面を重んじてのことであり、大国の王として嘲笑《ちょうしょう》されるのはたまらないという、その思いしかないはずだ。

こちらに気を遣う理由などないのだから、どう考えても彼が引き下がるのはおかしい。

あとでなにをされるかわからない恐怖に、リアーヌは迷いも露わな顔でアズハールを見つめた。

「そのまま踊ってくれるのか？」

どちらでもかまわないのだぞと言いたげに、彼が軽く首を傾げる。その表情から心の内を読むのは難しい。

できることならば、裸同然の格好で舞いたくない。けれど、今以上の辱めを受けるかもしれないと思うと、踊ったほうがいいようにも感じられる。

「そなたの裸はさんざん見てきている。見物人は俺だけなのだから、今さら恥ずかしがることもないだろう？」

アズハールの口調はいつになく穏やかだ。

決定権はこちらにあるように思えるが、なかなか答えを出せない。

「俺のために舞ってくれるか？」

口調と同じくらい穏やかな笑みを浮かべて見つめてきたが、笑顔の裏側には別の顔が隠れているように思えてならず、恐怖を拭《ぬぐ》いきれないリアーヌはコクリとうなずき返してしまう。

「では、始めてくれ。せっかくだから、扇情的な舞いがいい」

満足そうに笑った彼が、床に落ちている衣装を自ら拾い上げ、長椅子へと戻っていく。長いローブの裾を優雅に捌いて長椅子に腰かけ、手にしている衣装を脇に下ろすと、腕組みをして真っ直ぐにこちらを見てきた。

自らうなずいてしまったとはいえ、淫らな姿で踊ることに対する羞恥が消えず、なかなか舞い始めることができない。

「さあ、さあ」

彼が急かすように手を打ち鳴らしてくる。

（私は彼の奴隷……従うしかないのよ）

右腕にはめられた腕輪をチラリと見やり、シャーンとジルを鳴らす。

けれど、こんな恥ずかしい姿で、長々と舞うことには耐えられそうにない。

できるだけ短い時間で終わらせるにはどうすればいいだろうかと、ジルでリズムを刻みながら必死に考えを巡らせる。

（扇情的な舞い……）

アズハールの言葉が脳裏を過った。

舞いは自分だけの楽しみであり、男性を満足させるために踊ったことはないが、そうも言っていられない。彼が望む扇情的な舞いを披露し、早く満足させればいいのだ。

己の姿を頭の中から消し去り、羞恥をかなぐり捨てたリアーヌは、ジルを打ち鳴らしながら、ことさら大きく腰を突きだし、ゆっくりと回し始めた。

シャラシャラと音を立てる腰飾りの鎖が左右に揺れ動き、茂みが見え隠れする。ターンをすれば鎖が広がり、尻が露わになった。それでも、なにも考えずに舞いを続ける。

胸を張って肩を前後に激しく揺すると、柔らかな乳房が弾んで舞いの邪魔をしたが、それすらも気にしない。

「もっと近くに」

どこか興奮したようなアズハールの声に、リアーヌが舞いながら視線を向けてみると、身を乗り出してこちらを見つめている彼が片手で手招いていた。

ジルの音に合わせて腰や肩を揺すりながら、彼に少しずつ近づいていく。どうしても彼の姿が目に入り、羞恥を煽られてしまう。

(舞いのことだけを考えるのよ……)

早く彼を満足させたい一心から、すべてを忘れて舞いに意識を集めた。

手を伸ばせば容易く届くほどの距離まで彼に近づき、両手を高く掲げてジルを鳴らし、妖しく身をくねらせる。

宴の席で報酬《ほうしゅう》を得て舞う踊り子を、何人か見たことがある。もちろん、王宮に招かれるような踊り子なのだから、舞いは官能的でありながらも上品なものだった。

装身具を身につけただけの姿で、男性を前にして舞う踊り子など街にもいないはずだ。

アズハールの恐怖に支配されている己の弱さに、リアーヌは虚しさや悔しさが込み上げてきた。

「そのまま動くな」

唐突に響いた彼の声に驚き、背を反らしたまま静止する。と同時に、喉の奥を鳴らして身震いする。

「ひっ……」

腰を突き出して動きを止めているリアーヌの秘所に、長椅子に座っている彼が触れてきたのだ。

「動くな」

咄嗟に引いた腰を、片腕を回してきた彼に抱え込まれる。

「やっ……んんっ」

動きを封じてきたアズハールに、指先で花芽を撫でられ、駆け抜けていった甘い痺れに腰が揺れ、腰飾りがシャラシャラと音を立てた。

「そなたの乳房は形がいいな」

鷲掴みにしてきた乳房に顔を寄せてきた彼が、小さな突起を口に含んでくる。

「んんっ」

乳首を強く吸われ、花芽を指で撫でられ、全身が粟立《あわだ》つ。

こんな扱いは我慢ならないというのに、身体は心とは裏腹に快感を得てしまう。

思いのままにならない己の身体に、リアーヌは歯嚙みする。

「いやで……す……」

快感に打ち震える身体を動かすことができず、言葉ばかりの抵抗を試みたが、アズハールは耳を貸してくれない。

「いやなのか？　ちょっと触れただけで、ここが濡れてきているというのに？」

吐息混じりの声で乳首をくすぐった彼が、花芽を弄っていた指先を蜜口に挿れてくる。

「はっ……ぁあ」

反らしていた身体が硬直し、握り締めた手の中でジルがシャンと鳴った。

信じられないことに、蜜口からはもう愛液が溢れてきている。

彼の愛撫に感じてしまったばかりか、いとも容易く濡れてしまう自分が情けなくてしかたない。

「こうされるのが好きなのだろう？」

リアーヌは嘆いているというのに、アズハールは舌先で硬く凝った胸の突起を転がしながら、蜜口に挿れた指で容赦なく中を掻き回してくる。

さらには、親指の腹で花芽を押し上げてきた。刺激を受けたことで、熱く疼き出したそこで快感が弾け、反らしていた身体が脱力する。

「あぁ……」

膝に力が入らなくなり、抱き留めている彼の腕を伝って頽れてしまう。

「そなたは快感に弱すぎる」

大きな声を立てて笑った彼が長椅子から立ち上がり、床にへたり込んでいるリアーヌの脇に片膝をついてきた。

「気をやりたいのなら、自ら足を開いてみろ」

見下ろしてくる黒い瞳が、意地悪く輝いている。

花芽を疼かせ、愛液を滴らせながらも、リアーヌはいやだと首を横に振った。

「まだ勃《た》ったままだぞ?」

ツンと尖った乳首を、指先で弾かれる。

「はぁ……」

甘酸っぱい痺れに声をあげてしまった恥ずかしさに、サッと両手で乳房を抱き込む。

「どこもかしこも熱く疼いているのだろう？」

剝き出しの白い腿を手のひらで撫でられ、こそばゆさに身震いが起きる。

「そんなことありません」

言い成りになどならないと果敢にも否定したが、花芽の疼きが収まらないばかりか、蜜口から新たな愛液が溢れてくるのがわかり愕然とした。

「女は貪欲でいいのだ。強がる必要などない」

縮こまっている身体を両手でヒョイと抱き上げられ、長椅子へと運ばれる。

「なにを……」

裸同然の姿で長椅子に座らされ、驚愕の面持ちでアズハールを見上げた。

「そなたに新たな快感を教えてやる」

目の前に跪いてきた彼に、両の膝を摑まれ、否応なく足を左右に割られる。

「やめて」

咄嗟に両手で秘所を隠す。

指にはめているジルが素肌にあたり、冷たさに震えが走ったが、見られたくない思いから我慢した。

「いい子にしていろ」

大きく広げた膝のあいだに入ってきた彼に両の手首を摑まれ、あっさりと脇に下ろされてしまう。

あさましくも濡れている秘所を彼の目に晒すこととなったが、為《な》す術《すべ》がないリアーヌは目を閉じて顔を背ける。

「もともと綺麗な色をしていたが、濡れているせいかより美しい」

吐息を感じて身震いすると同時に、女陰をペロリと舐め上げられ、あまりの驚きに摑まれている手を振りほどいた。

「いやっ……」

己の股間に顔を埋めているアズハールの頭を、必死の形相で押しやる。

しかし、黄金のイカールが外れ、クーフィーヤとともに両手が滑り落ちただけで、彼の頭はビクともしない。

露わになった彼の艶やかな黒髪を、膝を閉じることも許されないリアーヌは呆然と見つめる。

「あああぁ――――」

もっとも敏感な花芽を舌先で突かれ、手に残ったクーフィーヤをきつく握り締め、全身を震わせた。

「んふ……あぁっ……」

音が立つほどに強く花芽を吸われ、下腹の奥がキュンと疼き、抗う気力が失せていく。

背もたれに寄りかかって身を震わすリアーヌの手から、握り締めていたクーフィーヤが滑り落ちる。

「あ……んっ」

花芽を何度も吸い上げられ、強烈な刺激に身体中が痺れていく。

恥ずかしくてたまらないのに、これまで味わったことがない快感に、我を忘れて身悶える。

「ああっ、あっ……んん、ふぁ……」

花芽への蕩けるような愛撫に、蜜口から愛液が滴り落ちてきた。

喘ぎが大きくなっていくほどに、身体の震えも大きくなり、髪飾りや足輪のコインが揺れ動き、シャラシャラと軽やかな音を立てる。

腿の裏に手を添えてきたアズハールに脚を持ち上げられ、両の踵を長椅子の座面に置かれて我に返ったリアーヌは、あまりのはしたない己の姿に身を捩って逃げ惑う。

「ひ……んっ」

けれど、両の腿をしっかりと摑んでいる彼は、開いた脚のあいだに顔を埋めたまま、花芽や花唇に舌を這わせてきた。

「ふ……ああぁ……」

甘やかな痺れが、ひっきりなしに湧き上がってくる。

彼に支えられているリアーヌの脚が、だらしなく開いていった。

「んんっ……あっ」

熱く疼く花芽を甘噛みされて細い肩が跳ね上がり、シャランと髪飾りが鳴る。

「やっ……噛まないで……」

何度も花芽に歯を立てられ、激しく腰を揺らして逃げ惑う。

「痛いか?」

視線を上げてきたアズハールを、困ったように見つめる。

痛みは感じていない。下腹に広がっていく快感が、あまりにも強すぎて辛いのだ。

「痛くないのなら続けるが、よいか?」

今日の彼はやけに優しい。同意を求めてくるなど信じられなかった。

乱暴に無理強いしてきた彼とは、まったくの別人みたいだ。彼の言うことを聞いて、淫らに舞ってみせたから、優しくしてくれるのだろうか。

アズハールに従うのは悔しいが、逆らってばかりでひどい扱いを受けるよりは、優しくされたほうがいいに決まっていた。

「あの……」

「なんだ？」

小さな声でつぶやくと、彼が視線だけでなく顔まで上げてきた。

「強すぎて……あまり噛まれると私、変になってしまいそう……」

恥を忍んでありのままを口にしたリアーヌは、目を合わせていられず視線を彼からスッと外す。

「なるほど。噛むのではなく、舐めてほしいのだな」

小さく笑った彼が再び柔らかな茂みに顔を埋め、秘所に唇を押しつけてくる。

愛液に濡れた花唇を舌先でなぞり、尖った花芽を押し上げてきた。同じことを繰り返され、行ったり来たりする舌先に、花芽がもどかしいほどの痺れに包まれてくる。

「ふ……あぁ……」

全身に広がっていく痺れに、甘声をあげながら身を震わせた。

露わな乳房が上下に揺れ、腰飾りの下でなだらかな下腹が波打つ。

「ふんっ」

花芽をチロチロと舐める彼が、いきなり指を蜜口に挿れてきた。

浅い位置で抜き差しされ、蜜口までが痺れ出す。

さらには乳房に伸ばしてきた手で小さな突起を摘まれ、花芽で弾ける快感が一気に増幅した。

「はあっ、あっ……あっ、んん」

途切れることのない快感に、立てている膝がガクガクと震え、息が荒くなってくる。と同時に、漏らしてしまいそうな感覚に囚われ始めた。

今では、その感覚が気をやる前兆《ぜんちょう》だと理解している。このまま快感に身を任せれば、放心するほどの快感を得られるのだろう。

けれど、まだアズハールと身体を繋げていない。自分だけが気をやってしまったら、怒りを買うのではないだろうかと、快感に身悶えながらも不安を覚える。

「はぅ……」

リアーヌの不安をよそに、彼が蜜口に挿れている指の数を増やし、奥深くを突き上げてきた。

下腹の奥がズンと響くような感覚に、長椅子から浮き上がった尻が淫らに揺らめく。

速くなった抽挿に身体の内側が熱く疼き、舌先で突かれる花芽の痺れが大きくなり、絶頂はもうすぐそこに見えている。

座面を掻きむしりながら、浮かせた尻を揺らすリアーヌの花芽に、アズハールがいきなり歯を立ててきた。

「あああぁ――――あっ――――」

不意打ちを食らい、一瞬にして限界を超えてしまう。

しなやかに身を仰け反らせて腰を突き出し、四肢の指先まで満たしていく快感に飲み込まれていく。

「はぁ……」

息を吐き出すとともに身体が弛緩し、座面に乗せていた両の踵が力なく床に落ちる。

全身が気怠《けだる》い解放感に包まれ、頭を大きく後ろに倒したままうっとりと目を閉じ、言葉にし難い余韻に浸《ひた》った。

「リアーヌ……」

長椅子に腰かけてきたアズハールが、優しく抱き締めてくる。

抗う余力もないリアーヌは素直に身を寄せ、引いていく痺れに身を任せた。

「そなたと身体を繋げたいのだが、よいか？」

耳元で囁くように訊かれ、長い睫を瞬《しばた》かせる。

今日のアズハールは本当に変だ。いったい、どうしてしまったのだろうか。こちらを見つめる眼差しまでが、ひどく優しいものに感じられて戸惑う。

「迷っているのか？」

彼が笑いながら、指先で唇をなぞってきた。

「あっ」

小さな声をもらし、肩を震わせる。

そういえば、彼とはまだ一度もくちづけをしていない。

愛しいと思う女性に対して、男性はくちづけたくなるものだと教えられた。彼が唇を重ねてこないのは、やはり愛など存在しないからだろう。

最初からわかっていたこととはいえ、彼の優しく感じられる眼差しに包まれていると、なぜか寂しくなってきた。

妃としてハレムに入っても、愛されるわけではない。ただ、好きなときに抱かれるだけなのだ。

（愛されていない……）

どうせハレムを出られない運命ならば、少しでいいからアズハールに愛されたいと思ってしまう。

自分の身体にしか興味がなくても、彼は初恋の人だ。わずかでも愛が感じられれば、今よりは心穏やかでいられるような気がする。

けれど、いくら愛されたいと望んだところで、それが叶うことはない。彼の愛が自分に向くことはないのだ。

「あの……どうぞお好きに……」

虚しさを胸に秘めたまま、リアーヌは静かに睫を伏せる。

優しく言葉をかけてくるのは、抵抗されたくないからに違いない。彼にしても、抗う相手に無理強いしてばかりでは、きっと楽しくないはずだ。

「今日のそなたは素直でよいな」

嬉しそうに笑った彼が、抱き締めている腕を解いて立ち上がり、長衣の下に穿いているズボンを脱ぎ捨てる。

身を隠す術がないリアーヌは両手で乳房を覆おうとしたが、いまだにジルをつけていることに気づき、急いで指から外した。

改めて露わな胸を隠そうとしたとき、こちらに向き直ったアズハールに腕を摑まれ、長椅子から立たされる。

「後ろを向いて、長椅子に手をつくんだ」

クルリと身体の向きを変えられ、言われるままに両手を座面につく。

剝き出しの尻が高く上がり、耐え難い羞恥を覚えたが、抗っても無駄だと諦めた。

「そなたの肌は本当に白いな」

彼のつぶやきが高いところから降ってくる。

いつかは白い肌にも飽きることだろう。そうなれば、彼が〈月の宮〉に足を運んでくることもなくなり、名前だけの妃となるのだ。

考えれば考えるほど虚しさが募るばかりで、いやになったリアーヌは目を閉じて無心になる。

「はっ……あぁ」

長衣を捲り上げる衣擦れの音が聞こえたかと思うと、熱を帯びた怒張の先端で女陰をなぞられ、思わず逃げ腰になった。

けれど、すぐさま片手で腰を抱き留められ、動きを封じられてしまう。

「すごい濡れようだ」

硬く張り詰めた先端を女陰に沿わせて幾度か往復させたあと、有無を言わさぬ勢いで貫いてきた。

「んっ……」

急な突き上げにリアーヌは前のめりになるが、腰を抱き留めている腕で容易く引き戻される。

「ひゃ――」

貫かれたまま身体を持ち上げられ、にわかに慌てた。

しかし、彼は気にしたふうもなく向きを変え、そのまま長椅子に腰かける。

全体重が彼の腿に乗る格好となり、奥深くを突き上げられたリアーヌは、息苦しさに喉を鳴らした。

「ぅうう」

「苦しいなら脚を開くといい」

アズハールに促され、苦しさから逃れたい一心で膝を開き、剥き出しになっている逞しい腿の外側に足を垂らす。

「はぁ……」

少しだけ楽になり、深く息を吐き出すと、片手を前に回してきた彼が、茂みの奥へと指を滑り込ませてきた。

達したばかりでまだ疼きが残っている花芽を指先で擦られ、垂らしている足先にまで染み渡るように広がっていく痺れに身を震わせる。

「ふ……んんっ……」

「そなた、自由になれるのであれば踊り子になってもいいと言っていたが、あれは本気なのか?」

肩にあごを預けて訊ねてきた彼が、花芽ばかりか乳房を弄び始める。

真下から貫かれ、敏感な二カ所を同時に刺激され、そこかしこで快感が弾けているというのに、言葉など上手く紡げるわけがない。

「はっ……はい……」

喘ぎ混じりの声で、短く答えるのがやっとだった。

「舞いが上手いだけでなく、そなたのような珍しい姿をした女であれば、どこでも雇ってくれるだろうが、踊り子になったからといって自由を得られるとはかぎらないのだぞ」

「わ……私……は……」

徒《いたずら》に腰を揺すられ、怒張で最奥を突き上げられたリアーヌは、言葉を続けられずに唇を嚙む。

「ムハマンド国王や義理の兄妹や姉妹に長らく虐げられ、国を出たかっただけではないのか?」

アズハールの言葉に、一瞬、快感が途切れる。

自分から口にしたわけでもないのに、他国で暮らしている彼にどうしてそれがわかったのだろうか。

父王が嫁がせる王女を悪く言うはずがない。いったい、アズハールはどこで気づいたのか、不思議でならなかった。

「ここにいれば、辛い思いなどせずにすむ。そなたは俺に愛されていれば、幸せでいられるのだから、馬鹿なことは考えるな」

「うっ……」

耳を疑うような言葉に反論しようとしたのだが、急に腰の動きを速められ、湧きあがってきた強烈な快感に声が詰まる。

(くちづけもしてくれないのに、愛されていればいいなんて嘘ばかり……ここにいて幸せなわけがない……私に逃げ出されたのでは困るから、心にもないことを口にしたに決まっているわ)

アズハールの言葉が素直に信じられないばかりか、どうあってもハレムに閉じ込めておこうとする彼に強い反感を抱いた。

「ひっ……」

花芽と乳首を同時にきつく摘まれ、駆け抜けた痛みに声をあげる。けれど、直後に指先で撫で回され、痛みは快感に取って代わり、甘ったるい喘ぎが零れた。

「あぁ……」

何度も真下から最奥を突き上げられ、鳩尾のあたりがズクンと熱く疼く。

愛液に濡れた花唇を灼熱の塊《かたまり》で擦られるのが心地よく、垂らしている足先までが震え出し、足輪のコインがシャラシャラと軽やかな音を響かせる。

「あふっ」

硬く凝った乳首を引っ張られ、柔らかな乳房が弾む。

「んっ」

触れられているすべての場所で、快感が弾けている。

「リアーヌ、そなたの中はなぜこんなにも気持ちがいいのだ」

首をかすめていく熱い吐息に肌がざわめき、体温が上がっていく。

よりいっそう腰の動きが速くなり、腿に乗っているリアーヌの細い身体が、大きく上下に揺れる。

熱した滾《たぎ》りを穿《うが》たれているそこから、突き上げられるほどに愛液が溢れ、ぬちゃぬちゃと淫らな音を立てた。

「はふっ……」

身体の内側が熱くうねり出し、花芽の疼きが強くなっていく。

「見えるか？　こんなにも硬くなっているぞ」

乳房から滑り落とした片手で柔らかな茂みを掻き分けた彼が、疼いてしかたない花芽を露わにしてくる。

ついアズハールの手を目で追ってしまったリアーヌは、生まれて初めて見る己の花芽に息を呑む。

まるで熟した柘榴《ざくろ》のように赤く、ヒクンヒクンと息づいている。そこで快感が絶え間なく弾けているのかと思うと、とてつもない羞恥に襲われた。

妖しく蠢《うごめ》くそれはおぞましくもあるのに、なぜか目を離すことができず、凝視《ぎょうし》してしまう。

「そなたの肌は白いというのに、ここはこんなにも赤い」

剝き出しにした花芽を、面白がったように指先で撫で回された。

「いやっ……あぁ……」

舞い戻ってきた強烈な快感に、リアーヌはきつく肩を窄《すぼ》める。すると、グッと力を漲《みなぎ》らせたアズハール自身が、圧迫感を覚えるほどに大きくなった。

(きつい……)

強度を増した彼自身に蜜口を押し広げられ、窮屈さに眉根を寄せる。

けれど、苦しさは長く続かない。剝き出しの花芽を指の腹で執拗に擦られ、なにもかも

が溶け出してしまいそうな感覚が湧きあがってきた。

「ああぁ……だめよ……もっ、私……」

花芽を弄ぶ彼の手を摑み、内側から押し寄せてくる奔流に全身を震わせる。

「好きなときに達してかまわないぞ」

耳元で囁いてきたアズハールに耳たぶを甘嚙みされた瞬間、リアーヌは抗い難い奔流に身体を持って行かれた。

「ぃ――あっ、あっ、あぁぁ――」

間を置かずして迎えた二度目の絶頂に、全身が激しく痙攣《けいれん》する。

「リアーヌ……」

「いやっ」

痺れる花芽をキュッと摘まれ、目の前を閃光が駆け抜けていくと同時に、彼がグイッと腰を押し上げてきた。

「く……うぅ」

短く呻いて動きを止めた彼が最奥に向けて精を迸らせる。

ジンジンとした花芽の疼きや、内側で弾けたアズハールの熱い精を感じながら、自分を抱き留めてくれている逞しい腕の中で、力尽きたリアーヌは意識を飛ばしていた。

第七章　星空のくちづけ

サラーサが自室で深い眠りについたのを確認したリアーヌは、胸の下で絞っている長い夜着の上に、薄絹の大きなショールを羽織った姿で〈月の宮〉を出た。

（静かだわ……）

サンダルで歩くペタペタという音が、誰もいない静まり返った廊下に響く。

（こんなに明るいなんて……）

廊下に差してくる月の明かりに、視線を夜空へと向けた。

ハレムに入れられてから、まもなく二週間になる。婚礼の準備に追われる日々の中、リアーヌはずっと心を揺らし続けていた。

気晴らしに舞っている最中に現れたあの日、なぜかアズハールは普段と違って優しさをみせてきた。

急に態度を変えた理由など見当もつかない。これまでの彼の態度を鑑《かんが》みれば、あれは本当の優しさなどではなく、こちらを懐柔させるために、歩み寄ったふりをしたにすぎないように感じてしまう。

だから、いつどこでなにをされるかわからない恐怖がいっこうに消えない。怯えながら彼を待たなければならない暮らしには、とても耐えられないだろう。

あの日から、アズハールは一度も姿を見せていない。次にいつ現れるかなど知りようもないのだが、彼の訪れを期待している自分に気がついている。

このままハレムに留まるべきなのか。それとも、逃げ出したほうがいいのか。そのことを考えると夜も眠れないのだ。

ただ寝台で横になっていても、悶々とするばかりで眠気が襲ってこない。夜遅くに宮を出たのは、どうせ眠れないのなら星空でも見ていようという思いからだった。

夜空には月が輝き、幾多の星が輝いている。どこまでも広がる満天の星を見ていると、少しだけ気持ちが落ち着いてきた。

「一緒に星空を眺めるのが夢だったのに……」

ザファト王国のハレムで暮らしていたときは、アズハールを思い浮かべながら、いろいろなことを想像していた。

地平線の向こうに沈む夕陽をともに眺め、涼やかな風が吹き出した夜には、月明かりを頼りに砂漠を歩く。

思い描いているときは幸せだった。肩を寄せ合う彼は、いつも優しく語りかけてくれたからだ。

けれど、実際、彼の妃としてハレムに入ってみれば辱められるばかりで、初恋の人がそばにいるというのに幸せなどまったく感じていない。

たまに優しくされても、愛されていないとわかっているから、虚しくてならなかった。

「えっ……」

静まり返った廊下に男性の話し声が聞こえてきた。

足を止めて息を潜め、廊下に差す月明かりから逃れる。

「こんな時間に訪ねてくるなんて……」

夜も遅い時間にハレムに現れる男性など、アズハールしか考えられない。

部屋にいないとわかれば騒ぎになるだろう。どうしようかと迷った末に、自ら彼の前に姿を見せる。

「そなた、こんなところでなにをしている？」

月明かりのもとに現れたリアーヌに気づいたアズハールが、訝しげな声をあげるや否や足早に近づいてきた。

すぐ後ろにいたのはイシュルだったが、彼は動くことなくその場に留まっている。

「眠れないので夜空を見ようと……」

ショールの前を掻き合わせながら正直に答え、目の前に立った彼を見上げた。

「では、砂漠に星でも見に行くか？」

「星を？」

彼から返された思いがけない言葉に、呆気《あっけ》に取られてしまう。

「馬を走らせながら眺める星空は最高だぞ」

陽気な声で誘ってくるアズハールを目にしたとたん、リアーヌはコクリとうなずき返していた。

「イシュル、馬の用意を。伴はそなただけでいい」

「しかし、砂漠に出られるのでしたら護衛を」

「星を見に行くだけなのだから、そなたがいれば充分だろう？」

「御意」

命令に従う意思を示したイシュルは、一礼してこちらに背を向けると、足早にその場をあとにする。

「さあ」

肩に手を回してきたアズハールに、リアーヌは笑顔で従う。

たとえ愛されていなくても、夢が叶うならそれでいい。現実の彼はひどい仕打ちしかしてこないが、彼と砂漠で星空を見ることができれば、よい思い出になりそうだ。

長い廊下をしばらく歩くと、アズハールの宮に続く階段がある扉の前に出る。しかし、彼はその扉の前を通り過ぎ、さらなる奥へと足を進めていく。

通ったことがない廊下を歩くリアーヌはキョロキョロしながらも、ゆっくりとした彼の足並みに合わせて歩いた。

突如、目の前に大きな扉が現れ、彼が自ら押し開ける。彼とともに外に出て行くと、目の前にさらなる屋根のない廊下が続いていた。

月明かりに照らされながら、外廊下を歩いていく。緩やかに曲がっている廊下は、どうやらハレム全体に沿って造られているようだ。

どこに出るのだろうかと、興味津々《きょうみしんしん》で足を進めていくと、遠くから馬の嘶《いなな》きが聞こえてきた。

（厩でもあるのかしら……）

そう思って目を凝らした先から、葦毛《あしげ》の馬に跨がり、漆黒の馬の手綱《たづな》を引いたイシュルが現れる。

「馬に乗ったことは?」

足を止めることなく訊ねてきたアズハールを見上げ、リアーヌは小さく首を振った。

「初めてでも俺がしっかり支えてやるから問題ない」

安心しろと言いたげに笑った彼の前に、イシュルが艶やかな毛並みをした黒馬を連れてくる。

「ショールを貸してみろ」

足を止めた彼が、リアーヌが羽織っているショールに手を伸ばしてきた。

「夜の砂漠は冷える。しっかりと肩を覆っておいたほうがいい」

取り上げたショールを二つに折りたたみ、改めてリアーヌの肩を覆うと、胸の下で両の端を結んでくれた。

折りたたんだことで丈も短くなり、これなら馬に乗っても風に煽られて邪魔になることもなさそうだ。

「ありがとうございます」

素直に礼を言ったリアーヌを見て、彼が満足そうに笑う。

「そなたは前に乗れ」

イシュルに手綱を預けたまま腰を摑んできたアズハールに、軽々と身体を持ち上げられて黒馬の鞍《くら》を跨がされた。

驚いて目を丸くしているリアーヌをよそに、間を置くことなく馬の背に手をついて跳び上がった彼が、華麗にローブを翻しながらリアーヌの背後に跨がり、イシュルから手綱を受け取る。

「大丈夫か？」

「はい」

片手に手綱を握った彼が、リアーヌの腹をもう片方の手で抱え込んできた。

広い胸にすっぽりと抱かれ、身体が安定する。馬の背に乗った瞬間は、思いのほか高さがあって怯えたが、それも消えてなくなった。

「不安定なら鬣《たてがみ》を摑んでいるといい」

アズハールはそう言うなり手綱を緩め、黒馬の脇腹を軽く蹴る。

いきなり馬が走り出し、身体が大きく弾んで慌てたリアーヌは、咄嗟に手を伸ばして鬣を摑もうとしたが、前屈みにならないと届きそうにない。

「そのままでは届かないか」

呆れ気味に笑った彼が、腹を抱える腕に力を込めてくる。

「鬣がダメなら俺の腕を摑んでいろ」

アズハールに触れることに躊躇いがあったが、落馬したのでは元も子もないと、腹に回されている彼の腕に摑まる。

しっかりと筋肉がついた腕はとても安心感があり、生まれて初めて馬に乗ったリアーヌは、彼から逃れようとしていたことも忘れ、気持ちを昂ぶらせていた。

（こんなところに門が……）

月明かりの中に、小さな門が浮かび上がってくる。

宮殿の全貌《ぜんぼう》はわかっていないが、大きさからして裏門であろうことは理解できた。

「先に参ります」

距離を置いて追ってきていたイシュルが、馬の足を速めて脇を駆け抜けていく。

「門を開けろ」

彼が馬を走らせながら、衛兵に向かって命じた。

馬車がようやく通れるほどの幅しかない門を、鋼鉄の門扉が塞いでいる。それを、衛兵が二人がかりで開けた。

馬に乗ったイシュルが門を通り抜けると、速度を緩めていたアズハールが、すぐさまそのあとを追う。風を孕《はら》んだ彼のローブが、バタバタと大きな音を立て始めた。

「手を離すなよ」

彼の声が耳をかすめていくと同時に、黒馬の速度が急激に上がる。

瞬く間にイシュルが乗る馬を追い抜いていったが、大きな揺れと肌を嬲《なぶ》る冷たい風に恐怖を覚えたリアーヌは、肩を窄めてきつく目を瞑ってしまった。

腰はしっかりと支えられているし、自分でも彼の腕に必死に縋っているのだが、身体が前後左右に揺れ動き、馬の背から落ちてしまいそうで怖いのだ。

「力を抜いて馬の動きに身体を合わせるんだ」

耳元でアズハールが大声をあげてきた。

風を切って走る馬上では、背後にいても叫ばなければ声が届かないようだ。

(そんなことを言われても……)

力を抜いたとたんに落馬しないかと不安だった。それでも、ここは馬に乗り慣れている彼の言葉に従うべきだろうと、肩の力を抜いてみる。

「そうだ、そのまま俺に寄りかかっていれば大丈夫だ」

脱力したのを感じたのか、アズハールがまたしても大きな声をあげ、腹に回してきている腕をグイッと引き寄せた。

彼の広い胸に寄せている背が安定し、身体の揺れが少なくなる。安堵したリアーヌは、小さく息を吐き出して目を開けた。

目の前には、緩やかに波打つ砂漠が一面に広がっている。瞬く星と月の明かりに照らされた砂が、ほのかに青白く見えた。

ザファト王国からクライシュ王国に向かって走る馬車の中から、飽きるほど砂漠を眺めてきた。けれど、日没とともに馬の足を止めて夜営していたため、夜の砂漠は一度も走っていない。

「綺麗……」

初めて馬上から眺める夜の砂漠に、そして、夢にまで見たアズハールと一緒に眺める星空に、リアーヌは胸を詰まらせる。

気持ちが落ち着いてくると、吹き抜けていく冷たい風すら肌に心地よく感じられた。

「空を見てみろ。まるで宝石のように輝いている」

アズハールの大声に、青白い砂から空へと視線を移す。

「すごいわ……星が流れていく……」

手を伸ばせば届きそうなほど近くで煌めく無数の星が、砂漠を駆け抜けていく馬の背から眺めるリアーヌの目に、まるで流れる川のように見えた。

「こんなの見たことない……」

途切れることのない星の流れがあまりにも美しすぎて、言葉を失ってしまう。

満天の星など数え切れないほど見てきた。けれど、広大な砂漠から望む星空は、これまで見てきたものとは比較しようがないくらい壮大で神秘的だった。

「輝く星は美しい。だが、そなたの美しさは星以上だ」

馬の足を緩めたアズハールが静かな声で囁き、夜空を仰ぎ見ているリアーヌの首筋に唇を押し当ててくる。

「あっ」

突然のことに驚き、肩を震わせて身を硬くした。

「この先にオアシスがある。そこで少し休むとしよう」

顔を起こした彼が再び馬の足を速め、砂漠の民の拠《よ》り所《どころ》であるオアシスを目指す。

彼が先ほど口にした言葉が耳の奥でこだまし続けているリアーヌは、すっかり彼に身体を預けたまま、心ここにあらずといった顔で前方を見つめている。

西洋の血が混じった肌や顔立ちを忌《い》み嫌われるばかりで、今日まで誰ひとりとして外見を褒めてくれたことはなかった。

（私を美しいと思ってくれているの？）

あまりにも唐突な賛辞に、アズハールの本心が知りたくなってくる。

けれど、自分のことを本当はどう思っているかなど、自ら彼に訊けるわけがなかった。

「寒くないか？」

耳元で響いた彼の声に、リアーヌはハッと我に返る。

「大丈夫です」

揺れる馬上で振り返る勇気がなく、大きな声をあげて首を横に振った。

「寒いと感じたら遠慮せず言うんだぞ」

「はい……」

言葉にならないほど美しい星空を、馬上で彼とともに眺めながら、気遣いの言葉をかけられると、不思議な気分になってくる。

彼には辱められてばかりきた。これ以上、言い成りになりたくないと思ってきた。

それなのに、彼に対する嫌悪感が消えてしまっている。それればかりか、夜の砂漠に連れてきてくれたことを、今は嬉しく感じていた。

「見えるか？　あれがオアシスだ」

彼の大きな声に前方に目を凝らしてみる。

遙か向こうにこんもりとした影が見え、さらに馬が近づいていくと、青々と葉を茂らせた木々の集まりであることがわかった。

「オアシスで休むぞ」

アズハールが後方に向けて叫ぶや否や、イシュルを乗せた葦毛の馬が脇を駆け抜けていく。

前後を入れ替えて走ること少し、清らかな水をたっぷりと湛《たた》える泉の前に出た。

「なんてこと……」

馬上から見下ろす水面に、満天の星が映り込んでいる。

どほれほどの宝石よりも眩く輝く光景を、リアーヌは食い入るように見つめた。

「イシュル、降ろしてやってくれ」

すでに馬から降りているイシュルが駆け寄ってきて、リアーヌに向けて両手を伸ばしてくる。

「彼の肩に摑まって降りるといい」

アズハールに促されるままイシュルの肩に両手を置くと、腰を摑んできた彼にヒョイと持ち上げられ、砂の上に降ろされた。

「馬を頼む」

軽やかに馬上から飛び降りたアズハールが、黒馬の手綱をイシュルに託す。

「さあ、行こう」

腰に手を回してきた彼に、星空を映し込む泉のほとりへと導かれていく。

馬に乗っているときも、彼の手を薄絹越しに感じていた。けれど、落馬してはいけないという思いが強くあったせいか、まったく気にならなかった。

それが、馬から降りたとたん、気になり始める。肌に伝わってくる温もりに、意識がどうしても彼の手に向かってしまうのだ。

(まさか、ここで……)

泉のほとりで辱められるのではと、そんな考えが脳裏に浮かぶ。

馬の番をしているイシュルとの距離は近いが、アズハールは彼の存在など気にも留めないだろう。

夜の砂漠に瞬く星に見とれていたのもつかの間、リアーヌはただならない不安から、彼に寄り添いながらも身を硬くし始める。

「さあ、そなたはここに」

自ら脱いだローブを砂の上に広げた彼に座るよう勧められたが、従ったとたんに押し倒されそうな気がして躊躇ってしまう。

「そなたのためなら、いくらでも俺のローブを敷物代わりにしてやる。遠慮などせず座るといい」

なぜ自分のためにそんなことをするのだろうかと不思議に思いつつも、彼を怒らせたくないリアーヌはおとなしくローブの上に横座りする。

隣に腰を下ろしてきたアズハールが、重ねた両手を枕代わりにして、そのまま仰向けに寝転がった。

一緒に横になれと言われたらどうしようかとドキドキしたが、彼はなにも言うことなくリアーヌの手を握ってくる。

「そなたを初めて見たときのことを、俺は今でも鮮明に覚えている」

星空を眺めながら話し始めた彼に、リアーヌはさりげなく視線を向けた。

「踊り子の衣装を纏ったそなたの美貌に、息を呑んで見惚れたものだ」

「嘘……」

驚きに目を瞠ったリアーヌを、彼が不満げに眉根を寄せて見返してくる。

「なぜそなたに嘘をつく必要がある。美しい白い肌、魅惑的な瞳、形のよい唇、そして、見事な舞い……そなたに見惚れぬ男など、この世にいるわけがない」

握り取った手を口元に引き寄せた彼が、唇を押し当ててきた。

（嘘よ……そんなこと……）

あの日、彼に白い肌を揶揄されたと思ったのは、自分の勘違いだったのだろうか。

「俺はそなたを忘れることができず、妃としてハレムに入れ、ずっとそばに置いておきたくなった。そうして、そなたについて調べてみれば、理不尽な理由から父親であるムハマンド国王に疎まれて育ったと言うではないか。母親もなくハレムで寂しい思いをしていると知り、そなたを幸せにしてやりたくてしかたなかった」

手を握ったまま寝返りを打ったアズハールが、肘枕をついてこちらを見上げてくる。

彼の言葉のひとつひとつに驚きを覚えているリアーヌは、ただジッと彼を見つめた。

「そんなとき、ムハマンド国王から援助の礼として王女を嫁がせたいと申し入れがあったのだ。即座にそなたを名指ししそうになったが、俺はあえて妃選びをした。あくまでもこちらの立場を優位にしておきたかったからでしかなく、すでに俺の心は決まっていた」

言葉を切った彼が、柔らかに微笑む。

(迷っているふりをしていただけなの？　物珍しさから私を選んだのではなかったの？

私のためを思ってくれていたなんて……)

初めて知った彼の思いに、リアーヌの心は千々に乱れていく。

「そなたが愛おしくてたまらない」

握られた手をグイッと引っ張られ、アズハールの胸に倒れ込む。

「陛下……」

「アズハールと呼べ。そなただけは、名前を呼ぶことを許す」

片腕に抱き込んできた彼が寝返りを打ち、容易く組み伏せてくる。

「さあ、呼んでみろ」

促してきた彼を、困惑も露わな顔で見つめる。

たとえ妃であっても、王に対しては「陛下」と呼びかけるのが習わしだ。けれど、彼は自分にだけ許すと言ってくれた。それだけ特別に思ってくれているからだろう。

「アズハール……」

夢の中では幾度となく呼んだ名前を、本当に口にできた嬉しさに、リアーヌは大きく胸を弾ませる。

「愛しているのはそなただけだ」

熱っぽい瞳でこちらを見つめながら、おもむろに唇を重ねてきた。

「んんっ」

初めてのくちづけに、鼓動が一気に加速する。

唇を何度も舌先でなぞられ、こそばゆさに身震いが起きる。

「ふ……」

深く唇を重ねてきた彼が、歯列をこじ開けるようにして舌を忍び込ませてきた。搦《から》め捕られた舌を強く吸い上げられ、鳩尾のあたりが熱く疼く。

（こんなにも私のことを……）

熱のこもったくちづけに、愛されているのを実感する。

もっと早くに話してくれていれば、頑なに拒むこともなかったのにと、抗ってきた日々が悔やまれてならない。

（でも……）

甘いくちづけに酔いしれるリアーヌの脳裏に、初めてアズハールに抱かれた日のことが蘇ってくる。

サルイートが調合した薬になぜか反応してしまい、彼はリアーヌが穢れた身体で嫁いできたと思い込んでしまった。

愛する相手の身が清らかでなかったと知った彼は、さぞかし落胆したことだろう。子を宿している可能性を理由に、処罰することなくハレムに入れてくれたのは、愛ゆえに違いない。

（アズハールの誤解を解かなければ……）

先にすべきことがある。そう思った瞬間、両手でアズハールの胸を押し返し、顔を背け

て唇から逃れていた。

「どうした？」

起き上がって居住まいを正したリアーヌを、彼が怪訝な顔で見上げてくる。

「陛下、私は清らかな身体であったことを、陛下が初めての男性であったことを、天地神明に誓って申し上げます」

両手をキュッと握り締め、真摯な顔つきで彼を見つめる。

「知っている」

そう言いながら、広げたローブに片手をついて身体を起こした彼が、片膝を立てて座り直す。

「アズハール？」

「我が国に、処女か否かを確認する儀式など存在しない。あの薬はただの媚薬だ。愛するそなたから妃になることを拒まれた腹いせに、ちょっとした悪戯《いたずら》を思いついた」

真相を白状した彼が、苦々しく笑う。

「私を騙したのですか？」

思わず怒りの声をあげたリアーヌは、悔しさに唇を噛みしめる。

「妃になりたくないなどと言われれば腹も立つ。そなたが素直に俺の胸に飛び込んできていれば、あのようなことはしなかった」

「ひどい……」

人前でさんざん辱められ、死にたいほどの羞恥に涙を流したというのに、悪戯のひと言ですまされるはずがない。

アズハールに愛されていると知った喜びは瞬時に消え去り、怒りと悔しさでいっぱいになる。

「ひどすぎる……あなたは初恋の人だったのに……」

「リアーヌ、そなた……」

驚きに目を見開いた彼を一瞥し、すっくと立ち上がったリアーヌは、勢いよく砂漠を歩き出す。

アズハールは白い肌を珍しがって妃に選んだのだと、勝手に自分が勘違いしてしまったのであり、確かに素直ではなかった。

けれど、彼の気持ちを知っていれば、拒んだりはしなかった。黙っていた彼にも非があるはずだ。

「リアーヌ、どこへ行く気だ?」

慌てたような声が背後から響いてきたが、聞こえないふりをして歩き続ける。

どうにも怒りが収まらない。愛してくれているからこそアズハールは腹が立ったのだろうが、自分を騙して辱めてきた彼をすぐには許せそうになかった。

「あっ……」

砂漠の国に生まれたとはいえ、自らの足で歩いたことがなく、さらさらとした砂に足を取られる。

「もうっ」

サンダルを履いているせいだろうと、苛立ち紛れに脱ぎ捨て、素足で歩き出す。

ときおり吹き抜けていく風に砂が舞い上がり、視界が遮られる。

「リアーヌ、止まれ！　その先に行くんじゃない！」

アズハールの尋常ではない怒鳴り声に、ビクッとして立ち止まった瞬間、片足を流れる砂に持って行かれた。

「きゃあ――――」

体勢を立て直す間も尻餅《しりもち》をつき、そのまま砂の斜面を滑り落ちていく。

「リアーヌ！」

「助けて……アズハール……」

遠くに聞こえる彼の声に救いを求め、必死に砂を摑む。けれど、摑みどころのない砂は役に立たず、身体はズルズルと落ちていった。

夜着の裾や羽織っているショールが捲れ上がり、舞い上がった砂が容赦なく顔にかかってくる。

目が開けていられず、鼻や口に砂が入って呼吸が苦しい。剝き出しの腕が、砂の摩擦で痛いほどに熱い。

「あうっ」

ドンとなにかにぶつかり、ようやく身体が止まった。

「はぁ、はぁ」

肩で荒い息をつきながら、砂の入った目を擦っていると、いきなり強い力で腕を摑まれ、引っ張り上げられる。

「アズハール?」

目をしばしばさせながら見てみると、ライフル銃を担いだ黒装束の男が立っていた。

そればかりか、黒い馬に乗っている黒ずくめの男たちが、周りを取り囲んでいる。彼ら全員の肩に銃があった。

男には見覚えがないばかりか、ひと目で味方ではないとわかったリアーヌは、息を呑んで身を縮める。

「リアーーーヌーーー！」

アズハールの声がやけに遠くに聞こえる。かなりの距離を滑り落ちてきたようだ。

「転がり落ちてきたのが王妃とはな」

右手の腕輪に気づいた男が、ニヤリと不敵な笑みを浮かべる。

背筋が凍りつくような男の顔つきに、リアーヌは震えが止まらなくなった。

「連れて行くぞ」

声高に命じた男にグイッと引っ張られ、さすがに慌てて抵抗する。

「いやよ、離して！」

「女の叫び声は耳障りだ、静かにしていろ」

不愉快そうに言い捨てた男に、拳でドンと鳩尾を突かれた。

「うぅ」

かつて味わったことがない痛みに息が詰まり、頭が朦朧《もうろう》としてくる。

「馬に乗せろ」

頽れそうな身体を支えてきた男の低い声を近くに聞きながら、一撃を食らったリアーヌは気を失っていた。

第八章　奪われた美姫

ようやく正気に戻ったリアーヌが最初に目にしたのは、黒い布で眼帯をした黒装束の男だった。

周りが黒い布で覆われていることから、テントの中にいるとわかる。ただ、まだ焦点が定まっていないせいか、よく状況が把握できない。

それでも目を凝らしてみると、布を垂らした入り口に、若い男が立っていた。やはり黒ずくめで、腰に短刀を差している。

「名はなんという？」

両の腕ごと身体を縄《なわ》でグルグル巻きにされ、柔らかな敷物の上に転がされているリアーヌは、ハッとしたように目の前で片膝を立てて座る男に視線を戻す。

「おまえの名を訊いているんだ」

「リ……リアーヌ……」

恐怖から声を震わせて答えると、男が入り口に立つ若い男に声をかける。

「起こしてやれ」

「はっ」

うなずいた若い男がこちらに歩み寄り、リアーヌを起こしてくれた。

「いたっ……」

鳩尾の奥に響いた鈍い痛みに、思わず顔をしかめる。

自分が盗賊に捕らえられたであろうことは、容易に想像がつく。止めるアズハールの声を無視して、勝手に砂漠を歩き出したことを、今さらながらに後悔した。

「俺はこのあたりを縄張りにしている盗賊の頭領、ガーニムだ」

自ら名乗ったガーニムが、立てた膝に片腕を預けて身を乗り出してくる。

眼帯で顔の多くが隠れてしまっているが、肌や目元を見る限り、それほど歳はいっていないように感じられた。

「おとなしくしていれば痛い目には遭わせない。クライシュ王国の妃であるおまえは、俺たちにとって金づるだからな」

ニヤニヤと笑いながら、リアーヌの腕輪に目を向けてくる。

腕輪には相当な価値があるはずだ。けれど奪われていない。鍵がかかっているため、諦《あきら》めたのだろうか。

無理やり腕輪を奪おうと、手首を切り落とされてもおかしくないだけに、諦めてくれたことに安堵した。

「ところで、おまえの肌はなぜそんなに白いのだ？」

不躾な問いに羞恥を覚え、きつく唇を噛みしめた。

けれど、このまま黙り込んでしまえば、反抗したものと受け止められかねない。

盗賊が恐ろしい男の集団だとわかっていながら、あえて怒らせるほどリアーヌは愚かではなかった。

「母が西洋人なのです」

「父親はアラブなんだろう？」

不思議そうな顔をしているガーニムに、黙ってうなずき返す。

「アラブの血が混じっていても、白人の血が濃く出ることもあるんだな」

感心したようにつぶやいた彼が、品定めをするような視線を向けてくる。

「あの……私はどうなるのでしょうか？」

ガーニムの視線がいたたまれないばかりか、己の身がどうなるのか気になってしかたなく、不安を宿した瞳を向けた。

「クライシュ王国側が身代金を支払えば、無傷で帰してやる」

「身代金……」

リアーヌは力なく項垂れる。

アズハールが自分のために身代金を支払ってくれるだろうか。

怒りを覚えて勝手な行動を取ったあげく、盗賊に捕らえられるという失態を犯した。

さぞかし彼も呆れていることだろう。一瞬にして愛など冷めてしまった可能性もある。

「もし、支払いを拒んだら？」

おずおずと訊ねると、ガーニムが肩を揺らして低く笑った。

「身代金が取れない女は奴隷として売るしかない。まあ、おまえのように見栄えのする女なら、俺の女にしてやってもいいがな」

悪くないだろうと楽しげに言った彼が、今度は高らかに笑う。

恐ろしい言葉に涙が溢れそうになる。

アズハールに腹を立てたりしなければよかった。勝手に砂漠を歩き出したりしなければよかったと、再び後悔の念に苛まれる。

「とりあえず、宮殿に使いは出してある。返事を待つあいだ、おまえに酌でもしてもらうとするか」

ガーニムの言葉に、入り口に立つ若い男が垂れている布を避けて外に出て行く。

隙間ができた瞬間、テントの中が明るくなり、陽が高いことがわかる。どうやら、ここで一夜を明かしたようだ。

「さてと……」

「なにを……」

縄で縛られていて身動きが取れないリアーヌは、にじり寄ってきたガーニムを顔面蒼白で凝視する。

「俺たちから逃げられないことくらいわかってるだろう？　縄を解いてやるからおとなしく酌をしろ」

背後に回ってきた彼が、縄を解き始めた。

盗賊から逃亡を図ったところで、生きてアズハールのもとに戻れないのは明白だ。残忍な彼らは、容赦なく銃を向けてくるに決まっている。

今はアズハールが助けてくれると信じて、ガーニムに従うしかなさそうだった。

「はい……」

縄が解かれ、肩に羽織っていたショールが滑り落ちる。けれど、リアーヌはそれにかまうことなく、乱れた赤茶色の髪を手櫛《てぐし》で整え、縛られていた腕を両手でさすった。

「失礼します」

酒器が載った黄金の盆を手に戻ってきた若い男が、敷物の上に下ろす。

盆ばかりか酒器も黄金で作られたもので、贅沢な彫金が施されている。

よくよくテントの中に目を凝らしてみれば、高価な品々がそこかしこに飾られていた。

どれも強奪したものに違いなく、それらに囲まれて暮らす彼らに嫌悪感を覚える。

とはいえ、逆らうのは馬鹿げたことであり、リアーヌは自ら盆の前に進み出た。

「なかなか素直だな」

酒器を手にしたとたん機嫌のいい声をもらしたガーニムが、自ら取り上げた杯を差し出してくる。

なみなみと酒を注ぐと、彼はすぐに杯を口に運び、一気に飲み干す。空になった杯を差し出され、新たな酒を満たしていく。

「ふぅ」

ガーニムが立て続けに杯を空にしたところで、しみじみとリアーヌを見てきた。

「酌だけさせるのも退屈だな。おまえ、なにか特技はないのか?」

正直に答えるべきかどうかを迷い、しばし口を噤んでしまう。

「女なら舞いのひとつもできるだろう？」

いきなり身を乗り出してきた彼にあごを捕らえられ、無理やり顔を上向かされる。

彼の前で舞いたくなどない。けれど、指が食い込むほどに強くあごを摑まれ、拒むのは賢くないと悟《さと》る。

「少しだけですが……」

伏し目がちに答えると、彼は満足したらしく、手を離して若い男に声をかけた。

「アシム、おまえは確かウードを弾けたな？」

「はっ」

アシムと呼ばれた若い男が、そそくさとテントを出て行く。

「どうせなら音楽があったほうがいいだろう？」

自ら酒器を取り上げ、杯を満たした彼が、大きくあごを反らして酒を喉に流し込む。

まもなくしてアシムがウードを手に戻ってきた。王宮の楽師たちが使う飾りを施したウードとは異なり、とても質素な作りだ。それに、使い込んでいるのが見て取れる。

強奪したものではなく、本当にウードが好きで、手に入れた品なのかもしれない。

「おまえの得意な曲を弾け」

アシムがテントの隅に腰を下ろし、片膝を立ててウードを構えた。

「踊り子のような舞いは期待していないから好きに踊れ」

ガーニムが馬鹿にしたように言い放ったかと思うと、前に置かれている盆を脇に引き寄せる。

舞うのに充分な広さができた。ただ酌《しやく》をしているよりは、踊っていたほうがましだろうと覚悟を決め、落ちているショールを拾い上げた。

ウードを構えているアシムがこちらを真っ直ぐに見ている。演奏を始める合図を待っているのだろう。

ガーニムの正面に立ったリアーヌは、薄絹のショールを大きく広げ、柔らかに身体に巻きつけ、アシムにうなずいて見せる。

間を置くことなくウードの演奏が始まり、深く息を吸い込む。ゆっくりと吐き出しながら、舞いのことだけに集中していく。

舞いに不可欠な装身具をなにひとつ身につけていないせいか、なかなか気分が乗ってこなかったが、かまわずタンと足を踏み鳴らし、ショールを持つ手を優雅に広げる。

空気を孕んだショールが大きく膨らんだところで、ウードの調べにだけ意識を集め、肩を揺らしながら腰を回していく。

アシムが奏でるウードの調べが、思いのほか耳に心地よく響き、舞うことしか考えられなくなっていった。

両手を大きく広げたまま、右足を軸にし、軽やかに左足を踏み鳴らしながら身体を回していくと、膨らんでいるショールと夜着の裾が動きに合わせて波打った。

さらには、腰飾りをつけている己を思い描きつつ、腰を激しく左右に振る。小さなコインが触れ合うシャンシャンという軽快な音が、目を閉じて舞うリアーヌの耳に確かに聞こえてきた。

ウードの調べに包まれて舞うことの喜びに浸っていると、自分が囚われの身であることを忘れていく。

昂揚にリアーヌの白い肌がうっすらと赤く染まり、汗ばみ始めたところで、不意にウードの音が途切れた。

不思議に思いながら目を開け、アシムに視線を向ける。けれど、すでに彼の姿はそこになく、わけのわからない不安に駆られる。

「アズハールの妃というから、どこぞの王女かと思ったが、おまえは踊り子だったのか?」

手にしていた杯を盆に下ろして立ち上がったガーニムが、困惑も露わな顔で立ち尽くすリアーヌの腕を摑んできた。

「いえ……」

叫びたいほどの恐怖を覚えたが、必死に堪えて首を横に振る。

「それにしてはなかなかの腕前だ。おまえを気に入った」

「なっ」

いきなりドンと突き飛ばされたリアーヌは、よろめきながら敷物に尻餅をつく。

すかさず馬乗りになってきたガーニムに、力尽くで身体を押さえつけられた。

「踊り子はみなここの締まりがいいが、おまえはどうなんだ？」

夜着の上から秘所に触れられ、咄嗟に大声をあげる。

「いやぁ――――アズハ――――ル！」

「大きな声を出すな」

不機嫌きわまりない声で言いはなった彼に、大きな手で口を塞がれた。

「んんっ」

恐怖に身体を震わせながらも、ガーニムに犯されたくない一心から、リアーヌはあらん限りの力で抵抗する。

両手を激しく振り回し、両足をジタバタと動かし、身体を必死に捩った。けれど、いくら足掻いても逃れることができない。そればかりか、あごを摑まれ上を向いた状態で頭を固定される。

「アシム、入ってこい」

リアーヌを押さえつけたまま、ガーニムが怒鳴り声をあげると、すぐさまアシムが姿を見せた。

「こいつを柱に縛りつけろ」

「はっ」

一礼して脇に屈み込んできたアシムに腕を掴まれ、テントを支える太い柱へと引きずられていく。

「いやよ、やめて！」

懸命に抗うが、しょせん力では男性に敵わない。

「お願い、ひどいことをしないで」

アシムに涙ぐんだ瞳を向ける。

清らかな調べをウードで奏でる彼ならば、こちらの声に耳を傾ける優しさを持っているかもしれない。一縷の望みを胸に、必死に濡れた瞳で訴えた。

けれど、敷物に落ちている縄を拾い上げたアシムに、非情にも後ろ手に括《くく》り付けられてしまう。

「アズハール、私を助けて……」

他に救いを求められる相手がいないリアーヌが力なくつぶやいたとたん、目の前に立ってこちらを見ていたガーニムに平手打ちされる。

「ひっ」

乾いた音が立つと同時に、叩かれた衝撃で顔がそっぽを向く。

恐怖と急激な痛みに、涙が溢れてきた。

「俺の片目を奪った憎き男の名前を、二度と口にするな」

ガーニムが怒りに満ちた瞳を向けてくる。

(片目を奪った？)

リアーヌは恐る恐る彼を見返す。

彼が眼帯で隠している目を、アズハールが奪ったというのか。彼らのあいだに、いったいなにがあったというのだろうか。

考えたところで答えがでるわけもない。ただひとつわかっているのは、ガーニムがアズハールを憎んでいるということだ。

「あいつの女を手荒く犯してやるのもいいが、もっと面白いことを思いついた」

恐ろしいことを口にして意味ありげに笑ったガーニムが、黒いローブを派手に翻して背を向ける。

「なにをするの？」

恐怖に黙っていられず声をあげたが、彼は黙ってテントの隅に置かれた飾り棚に向かって歩く。

柱に縛りつけられた身体が、激しく震え出す。身体を穢されるよりも屈辱的《くつじょくてき》なことなど、なにも思いつかないからよけいに怖い。

震えて待つしかないリアーヌが涙の滲《にじ》む瞳でジッと見つめていると、彼が小さな小瓶《こびん》を手に戻ってきた。

「口を開けろ」

ガーニムは強い口調で命じてきたが、得体の知れないものを飲ませようとしているのだと察し、歯を食いしばって顔を背ける。

「素直に言うことを聞いたほうが身のためだぞ」

彼が腰に差している短刀を引き抜き、切っ先を頬に押し当ててきた。

身代金の支払いを拒まれたならまだしも、返答を待たずに人質を殺すことなどあるだろうか。

（でも、彼はアズハールを憎んでいる……）

怒りに駆られて憎しみの矛先をこちらに向けてきたガーニムなら、この場で自分を殺しかねない。

生きてもう一度、アズハールに会いたい。愛されていると知ったばかりなのに、このまま死にたくはなかった。

「味は悪くないはずだ、たっぷりと飲め」

リアーヌが黙って開けた口に、ガーニムが小瓶の口を差し入れてくる。

彼が小瓶を傾けると、とろりとした甘い液体が流れ込んできた。

しばらく小瓶を傾けていた彼は、中身が空になったとわかると、それをポイッと後ろに投げ捨て、リアーヌの口を片手で塞いでくる。

「んんっ」

否応なく口いっぱいに含まされた液体を飲み下す。

味わいは蜂蜜に似ていて、酒は含まれていないようだった。それでも、なにかわからないものを口にするのは恐ろしく、身体の震えがますます激しくなる。

「おまえが飲んだのはハンジャの果汁だ」

「ハンジャ？」

聞いたこともない名前の果物に、不安が増していく。

「女の身体を淫らに変える、天然の媚薬だ」

にんまりしたガーニムが、リアーヌが着ている夜着の裾を捲り上げ、身体を縛り付けている縄に裾を挟み込んだ。

「いや――――」

下半身を露わにされ、顔を真っ赤にしたリアーヌは、無駄と知りつつも秘所を隠そうと激しく身を捩る。

「この女が濡れ始めたら俺を呼べ」

そう言い残したガーニムがテントを出て行くと、見張りを命じられたアシムが目の前に座った。

媚薬を飲まされたばかりか、下半身が丸出しの姿を若い男に見つめられ、とめどなく涙が溢れてくる。

「お願い、裾を下ろして……」

涙ながらの懇願《こんがん》に耳を貸すことなく、アシムは柔らかな茂みに覆われた秘所を凝視してきた。

サルイートが作った薬とハンジャの果汁は異なるものだが、媚薬であることに変わりはなく、もたらす効果は同等のものだろう。

媚薬によって淫らな身体に変わってしまったあの日の自分を思い出すと、リアーヌは恐ろしくてたまらなかった。

「ぅ……ん」

体温が高まっていき、女陰が熱を持ってくる。

チョリに覆われている乳首が勝手に凝り、肌がざわめき出す。

そこかしこが熱くてしかたない。耐え難い掻痒感にジッとしていられず、腿を擦り合わせながら身をくねらせた。

「濡れてきたのか？」

手を伸ばしてきたアシムが両の腿を摑もうとしたそのとき、テントの外がにわかに騒がしくなる。

ハッとした顔で手を引っ込めた彼が慌てたように立ち上がり、腰に差している短刀に手を添えテントを出て行く。

「なにが起きたというの？　私は……」

淫らな姿でひとり残され、ただならない不安を感じているというのに、身体の熱が引いていくどころか、花芽がひどく疼き出した。

「どうして……」

勝手に疼く己の身体が恨めしくてならない。

「いやっ」

蜜口から溢れた愛液が内腿を伝い落ちるのを感じ、きつく膝を閉じた。

けれど、足に力を入れたことで女陰が刺激され、疼きがよりいっそう強くなる。

「あぁ……」

縄を解こうと手を動かすが、固い結び目は緩みもしない。

熱い吐息をもらしながら身悶える中、テントの外から叫び、怒鳴る男性たちの声が聞こえてくる。

いったい外でなにが起きているのだろうか。この状態を大勢の男性に見られたら、恥ずかしくて生きていられない。

『誰も逃がすな、全員を捕らえろ！』

耳に届いてきた紛れもないアズハールの声に、リアーヌの胸が大きく弾む。

彼が助けに来てくれた。まさか、こんなに早く来てくれるとは思ってもいなかった。

すぐにでも彼の顔を見たい一心で、縛られている両手を激しく動かす。

「もう……」

ビクともしない縄の結び目に焦れながら、アズハールへの思いを募らせるリアーヌは、外から聞こえてくる大声に耳を澄まし、布を垂らした入り口を凝視する。

「怯むな、王の首を討ち取れ！」

怒号を響かせたガーニムが、布を切り裂いてテントの中に飛び込んできた。

彼が両手に剣を持っている。先ほどリアーヌの頬に突きつけてきた短刀を左手に、腕と同じほどの長さがある長剣を右手に握っていた。

「リアーヌ！　リアーヌ、どこにいる！」

ガーニムに続き、長剣を手にしたアズハールが、叫びながらテントに駆け込んでくる。

「アズハール！」

勇ましいアズハールを見て安堵したリアーヌは、自分がどんな姿をしているかも忘れ、大きな声をあげていた。

「アズハール、ここよ！　私はここにいるわ」

喉が張り裂けんばかりに叫ぶと同時に、彼の視線がこちらを捉える。

「リアーヌ……」

アズハールが愕然とした顔で駆け寄ってきた。

自ら先頭に立って助けに来てくれた彼を、涙で顔をぐしゃぐしゃにしたまま見つめる。

「感動の再会か？」

目の前で二振りの剣を構えるガーニムが、嘲るように言ってアズハールを見据えた。

「残った片目が惜しければそこをどけ」

声高に言い放ったアズハールが、躊躇うことなくガーニムに向けて剣を構える。

「素直に身代金を払えばこの女を生かして返してやったものを、クライシュ王国の王たる者が金を渋《しぶ》るあまり判断を誤るとはな」

怯むことなく言い返したガーニムは長剣の先をアズハールに向けると、短刀の切っ先をリアーヌの喉元にあててきた。

「ひっ」

刃先が肌に食い込み、一瞬にして緊張が走る。

アズハールが少しでも動けば、ガーニムは迷うことなく短刀で喉を切り裂いてくるに違いない。

せめて自分の両手が自由になれば、ガーニムを押しやることもできるのにと、身動きが取れないリアーヌは焦れた思いでアズハールを見つめる。

「一対一で剣を交える勇気もないのか？　残った片目がそれほど惜しいか？」

彼が真っ直ぐに剣を構えたまま挑発すると、ガーニムが悔しげにギリギリと歯噛みする音が聞こえてきた。

「黙れっ！」

声を張り上げたガーニムが短刀を投げ捨て、アズハールに正面から向き合う。

「はぁ……」

リアーヌは詰めていた息を吐き出しながらも、不安が色濃く宿った瞳でアズハールを見つめる。

彼によって片目を奪われたガーニムの、アズハールに対する憎しみは計り知れない。

アズハールが負けることなどあり得ないと思っていても、不安は消えなかった。

「今度ばかりはおまえの首を頂く」

低く言い放つとともに、ガーニムが切ってかかる。

アズハールは片手に握った剣で軽々と刃《やいば》をかわし、そのまま長剣を振り下ろす。

しゃがんで刃を避けたガーニムが体勢を崩しながらも、長剣を振り回した。

激しく刃がぶつかり合う金属の音、彼らの荒い息遣いに、リアーヌは目を開けていられなくなる。

ただ祈りながら戦いが終わるのを待つしかない。こんなにも不安で虚しい思いをしたことはなかった。

「陛下！」

テントの中に響いたイシュルの声に、きつく瞑っていた目を開ける。

新たな敵の登場に、ガーニムの視線が動く。

「はっ！」

一瞬の隙を見逃さなかったアズハールが、高く掲げていた長剣をガーニムに向けて斜めに振り下ろす。

「ぐっ、あぁぁ——」

胸を切り裂かれたガーニムの身体が何度か前後に揺れたかと思うと、ドサリと大きな音を立てて倒れた。

「うぐぐっ……」

呻き声をもらす彼が、血の海の中で息絶えていく。

「イシュル、始末をたのむ」

ガーニムを一瞥して命じたアズハールが、長剣を一振りして腰の鞘に戻し、こちらに駆け寄ってくる。

生まれて初めて目にした大量の血に、リアーヌは声をあげることもできずに、ただただ震えながら涙を溢れさせた。

「リアーヌ、無事か？」

アズハールが捲り上げられている夜着を下ろし、柱に括りつけられている縄を解いてくれる。

「リアーヌ」

両の腕に抱き締められ、安堵からさらなる涙が溢れてきた。

「アズハール……」

離れて過ごしたのはたった一夜なのに、とても長い時間のように感じられる。

こんなにも安心させてくれる人は他にいない。ずっと彼のそばにいればよかったと、後悔の念に苛《さいな》まれる。

「怖い思いをさせてすまなかった。もう大丈夫だぞ」

優しく背をさすってくれる彼の腕の中で、リアーヌは何度も小さく首を振った。

「ごめんなさい……私のせいでこんなことに……」

「もとはといえば、俺がそなたを騙したのがいけなかったのだ。そなたが詫びることはない。さあ、宮殿に戻ろう」

縋りついていたリアーヌを、彼が抱き上げてくる。

躊躇うことなく両手を彼の首に絡めたが、忘れていた熱い疼きが舞い戻り、腕の中で身じろぐ。

「どうした？　どこか痛むのか？」

心配そうに訊ねられ、困惑も露わな顔で彼を見返す。

一刻の猶予もならないほど、身体が昂揚している。今すぐ触れてもらわなければ、おかしくなってしまいそうだった。

「私……」

「なんだ？」

「あの……ハンジャの果汁を飲まされて……」

羞恥もあって身体が疼いているとは言えず、伏し目がちに睫を震わせる。

「ハンジャの果汁だと？」

怒りに満ちた声をあげたアズハールが、ギリリと唇を噛んだ。

そうするあいだも、掻痒感と疼きが止まらないリアーヌは、彼の腕の中でもぞもぞと身体を動かしていた。

「すぐ楽にしてやるから、そなたは心配するな」

一転して笑みを浮かべたアズハールに、しっかりと抱き上げられたままテントの外へと運ばれていく。

外の惨状《さんじょう》は想像するに容易い。そんなものは見たくない思いがあるリアーヌは、きつく目を閉じ、両手で彼の首にしがみつく。

「アズハール……」

「そなたが無事でよかった」

耳をかすめていった安堵の声に、もう二度とそばを離れないと心に固く誓っていた。

＊＊＊＊＊

リアーヌを救出するために、中隊を引き連れてきていたアズハールは、急遽《きゅうきょ》、帰路の途中でテントを張り、休憩を取ることにした。

宮殿に戻ればハンジャの果汁の効果を消す薬を飲ませ、彼女を楽にさせてやることができるのだが、そうしている余裕などありそうにない。

ハンジャの果汁はクライシュ王国でも、一般的に媚薬として用いられている。天然の果実から絞りとった汁そのものであり、身体になんら害はない。

けれど、その効き目は恐るべきものがあり、使用する際には量に気をつけなければならないというのに、あろうことか彼女は小瓶一本分を飲まされたという。

なにもせずに放っておけば、悶え苦しむだけでなく、気が触れてしまう可能性があり、処置を急ぐ必要があったのだ。

効果を消す薬を飲ませる以外に、彼女を楽にさせる方法はたったひとつしかない。

ハンジャの果汁の効き目が切れるまで、絶頂を味わい続けることだ。アズハールであればそれを叶えてやれる。

そうして、オアシスの近くを休憩の場に決め、兵士たちに君主のための立派なテントを張らせた。

広いテントの中に寝台代わりの柔らかな敷物を敷かせ、すぐさまリアーヌを中に運び入れて横たわらせ、着ているものをすべて脱がしていた。

「アズハール……」

全裸でしどけなく横たわっているリアーヌの胸が、激しく上下している。

吐き出す息がいつになく熱く、うっすらと色づいた肌も火照っていた。

「リアーヌ」

彼女の脇に長衣を纏ったまま片膝を立てて座ったアズハールは、荒い呼吸に合わせて動く柔らかな乳房に手を置く。

「んふっ……」

たったそれだけのことに細い腰がヒクンと跳ね、なだらかな下腹が波打つ。

胸に置いた手のひらを、下腹に沿わせて滑り落とし、柔らかな茂みの奥へと進めると、指先に湿り気を感じた。

「かなり濡れているな」

ありのままを口にしただけだったが、薄く目を開けたリアーヌが恥ずかしそうに小さく首を横に振ってくる。

頬を染めて視線を逸らした彼女が、愛おしくてたまらない。互いに愛し合っているとわかった今は、より愛が強くなっている。

なぜ、自分が初恋の相手だと、もっと早くに言ってくれなかったのだろうか。なぜ、妃になりたくないなどと言ったのだろうか。

砂丘を滑り落ちていった彼女が盗賊に拉致《らち》されてから、救出するための作戦を練りながらも、ずっとそのことばかりを考えてきた。

彼女の口から理由を聞かないことには、いくら考えたところで答えは出ないが、素直に言ってくれていたら、苛立つこともなかっただろうにと、悔やまれてならない。

「もっとも疼いているのはどこだ？」

　サワサワと茂みを撫で回しながら訊ねると、リアーヌがもどかしげに腰を捩った。

「ここか？」

　指先を花芽に滑り落とし、軽く弾いてやる。

「はっ……あぁ……」

　かすかに浮いた彼女の尻が、淫らに揺れ動く。

「それともこちらか？」

　さらなる奥に手を進め、重なり合う花唇に指を這わせる。

「アズ……ハー……ル、もう……」

　リアーヌが力なく伸ばしてきた手で、焦らすなとばかりにアズハールの手首を摑んできた。

「すまない……」

　彼女は苦しんでいるというのに、つい楽しんでしまった申し訳なさから、しとどに濡れた蜜口に二本の指を差し挿れる。

「ふ……んっ」

　いきなりの挿入を嫌がるどころか、鼻にかかった甘声をもらしてきた。そればかりか、蜜口が妖しくヒクつきながら、指を締めつけてくる。

ハンジャの果汁を飲まされた彼女は、一瞬たりとも待てない状態にあるようだ。

「好きなだけ気をやるといい」

二本の指で最奥を貫き、すかさず抽挿を始めるとともに、顔を埋めて花芽を口に含む。

「ひっ……ぃ……んん……はぁ、あああ……」

リアーヌが激しく身悶える。

一定の調子で抽挿を繰り返しながら最奥を突き、ツンと尖っている花芽を舐め回してやると、手首を摑んでいた指から力が抜け、小さな手がパタリと敷物に落ちた。

投げ出している細い脚に片手を添え、大きく開かせる。抗うことなく広げた脚のあいだに入り込み、片足を担ぎ上げた。もちろん、二カ所を攻める指と舌は動かしたままだ。

「いやっ……」

はしたない姿に羞恥を覚えたのか、彼女は短い拒絶の声をあげたが、激しく抗うことはなかった。

愛液が溢れてくる内側を二本の指で掻き混ぜ、最奥を突き上げる。熱した花芽を、舌先で舐め、ときに音が立つほど吸い上げた。

「あぁ、んん……ふぁ」

担いでいる彼女の足が、小刻みに揺れている。

「あっ……ああっ……も……来る……」

敷物に爪を立てる彼女が腰を突き出してきた。下腹がヒクンヒクンと痙攣している。

今すぐ彼女を貫きたい衝動に駆られたが、ここで身体を繋げるつもりはなかった。

ハンジャの果汁の効果が薄れるまで彼女を絶頂に導いてやるには、こちらの体力を無駄に消耗させていられないからだ。

彼女を抱く機会は、この先にいくらでもある。焦る必要はないと自らに言い聞かせ、喘ぎながら全身を震わせる彼女を、頂点に導いていってやる。

「う……ん、はっ」

腰を浮かせたまま強く息んだ彼女が、一瞬にして脱力していく。

二本の指を挿入したまま頭を起こし、彼女の顔に目を向けてみると、放心したように天を見つめていた。

けれど、ハンジャの果汁を飲まされた彼女の身体が、この程度のことで満足できるはずがない。

現に、指を飲み込んでいる蜜口は、今も淫らな収縮を繰り返しているばかりか、とめどなく愛液が溢れてきていた。

「アズハール……」

リアーヌが困惑しきった瞳でこちらを見てくる。

達しながらも消えない疼きに、ひどく苛まれているのだろう。

「案ずるな、俺がそばにいる」

指を抜き出すことなく彼女の隣に寄り添い、片腕にしっかりと抱き留める。

「怖いの……私……」

細い腕でしがみついてきた彼女が、胸に顔を埋めてきた。

「そなたがいくら乱れても、俺がこうして抱いていてやるから大丈夫だ」

耳元で優しく囁き、赤茶色の髪にくちづける。

「ただし、あまり大きな声を出すとイシュルたちに聞かれるぞ」

ちょっとしたからかいに、彼女がパッと顔を上げてきた。

「聞かれたくなかったら、俺とくちづけ合っていればいい」

目を細めて見つめるアズハールに、最初は躊躇いをみせていたリアーヌが、意を決したように唇を重ねてくる。

彼女が自らくちづけてきた嬉しさに、柔らかな唇を無心で貪《むさぼ》った。こんなにもくちづけを甘く感じたことはない。愛が一方的ではなく、ともにあるからこそなのだろう。

「んんっ」

唇を重ね合ったまま、彼女がもどかしげに下腹を押しつけてくる。

「そなたの望みはわかっている」

くちづけの合間にそう言い、たっぷりの愛液に濡れた内側を、二本の指で丹念に掻き混ぜ始めた。

「ふんっ」

さっそくリアーヌが鼻にかかった声をもらし、淫らに尻を揺らめかせる。

抱くほどに彼女の身体が馴染んでくる。短い時間とはいえ、愛する彼女を失って悲嘆に暮れたアズハールは、再びリアーヌをこの手に抱けた喜びに浸っていた。

第九章　愛によって結ばれて

アズハールとともに、リアーヌが宮殿に帰ってきたときは、すでに日が沈んでいた。彼から湯浴みをするよう勧められ、異論を唱えることなく〈月の宮〉に戻り、さっそくサラーサに湯浴みの準備を頼んだ。

湯船にたっぷりの湯が張られたところで、長い赤茶色の髪を高く結い上げたリアーヌは、胸まで浸かって脚を投げ出した。

ハンジャの果汁を飲まされたことで熱く疼いていた身体も、アズハールによって静められており、疲れは残っているもののいつもの自分を取り戻していた。

「目が覚めたら姫さまがいらっしゃらないので、本当に驚いたんですよ」

温かな湯の心地よさに浸っているリアーヌの肩を、柔らかな布で洗ってくれているサラーサの声には、心配そうな、それでいてどこか不満そうな響きがあった。

ザファト王国のハレムにいたときから、彼女に黙って宮を出たことがない。寝室を覗いてさぞかし驚いたであろう彼女のことを思うと、申し訳なくなってしまう。

「ごめんなさいね、夜遅くに陛下から急なお呼びがあって……でも、寝ているあなたを起こすのが可哀相だったから……」

真実を口にすることなどできず、リアーヌはささやかな嘘をついた。

ガーニムから身代金を要求されたアズハールは、額面相当の黄金を用意すると、早朝にもかかわらず、中隊を率いて自分の救出に向かってくれたらしい。身代金を支払うつもりはなく、力尽くで奪い返す気でいたようだが、イシュルに説得され念のために黄金を用意したとのことだった。

妃が盗賊に拉致され、国王自ら兵を率いて救出に向かったのだから、宮殿は朝から騒然としていたことだろう。

けれど、そうした騒ぎはハレムには届いてこない。ここで暮らしている妃や女官の誰ひとりとして、リアーヌが盗賊に拉致され、アズハールが彼らを退治したことなど知らないのだ。

恥ずかしい思いをしたこともあり、あえて彼女に聞かせる必要がないと考えたのだ。

「次からは必ずあなたに声をかけるから心配しないで」

彼女を振り返り、柔らかに微笑んでみせる。

自分の愚《おろ》かな行いから怖い思いをしただけでなく、アズハールに多大な迷惑をかけてしまったが、彼の愛に心を強く打たれたリアーヌは、本当に心が穏やかになっていた。

「これからは絶対にそうしてくださいね」

彼女は釘を刺してきたが、顔には明るい笑みが浮かんでいる。どうやら、心配や不満は解消されたらしい。

「それにしても、姫さまは陛下に愛されていらっしゃるんですね」

「えっ？」

思いがけない言葉に目を丸くすると、彼女が手にしていた布を軽く絞って湯船の縁に置き、乾いた布を脇にある籠から取り上げた。

「陛下が宮に足を運ばれるのではなく、わざわざ姫さまをお呼びになるのは、きっと特別に思っていらっしゃるからですよ」

「そうね……」

なんとも答えがたかったリアーヌは、言葉を濁《にご》して立ち上がり、湯船の外に出てサラーサの前に後ろ向きで立つ。

彼女は乾いた布を大きく広げて肩にかけてくると、濡れた身体を丹念に拭き始める。

「リアーヌさま、陛下がお見えでございます」

〈月の宮〉に仕える女官長の声に、リアーヌはサラーサとともに振り返った。

(もういらしたの……)

あまりに早いアズハールの訪問に、にわかに焦りを覚える。

早朝に宮殿を出発して日没に帰還したアズハールは、国王として片づけなければならないことが山ほどあるはずだ。

今日はもう会えないとばかり思っていた。それだけに、彼が訪ねてきてくれたと知った喜びは大きいのだが、湯浴みの最中ともなればさすがに慌ててしまう。

「すぐに参りますので、お待ちいただいて」

女官長に声をかけ、サラーサに向き直る。

「ローブをちょうだい」

「はい」

淡い桃色の薄絹で仕立てた丈の長いローブを、背後に回った彼女が肩にかけてくれた。

リアーヌが自ら前を合わせて襟を整え、腰の紐を軽く結び、高く結い上げている髪を解くと、すかさずサラーサが櫛を入れていく。

「これで大丈夫かしら？」

前髪を指で梳《す》きながら訊ねると、彼女が満面の笑みでうなずき返してきた。

「お綺麗でございますよ」

「ありがとう」

「ご一緒したほうがよろしいですか？」

「いえ、あなたは休んでいて」

サラーサに言い残し、急ぎ足で湯殿を出る。

サンダルを履いていないことに気づいたが、気持ちが急いているリアーヌは、そのまま居間へと続く長い廊下を歩く。

「お待たせして申し訳ありません」

詫びの言葉を口にしながら居間に入っていくと、長椅子に盛装でゆったりと座っているアズハールが笑顔を向けてきた。

「アズハール……」

逸る気持ちが抑えきれず、彼に駆け寄っていく。

「こちらへ」

片手を伸ばしてきた彼の手を躊躇うことなく握り、隣に腰を下ろして寄り添う。

いた。

「急がせてしまったか？」

首筋に残る雫を、彼が指先で拭い取ってくれる。触れられることを恐れていた日々が嘘のように思えるくらい、彼の指を心地よく感じていた。

「いいえ、もう湯から上がっていましたから」

真っ直ぐに見つめてくるアズハールに、小さく首を横に振って見せる。

「少しは落ち着いたか？」

彼が優しく肩を抱き寄せ、少し湿っている髪を弄んできた。

ハンジャの果汁を飲まされたあとは、淫らに疼く己の身体に怯え、苦しんでいたが、彼に幾度となく絶頂に導かれ、その効果も今はすっかり消えている。

求め続けた自分を思い出すと恥ずかしくてたまらなかったが、あれはハンジャの果汁のせいであり、それを彼はわかってくれているはずだ。

「はい……とうに媚薬の効果は切れていますので、身体のほうは……」

黒い瞳で見つめられるほどに己の痴態が蘇り、羞恥に駆られて長い睫を伏せる。

「ああ、そうではなく、怖い思いをしたそなたがまだ怯えているのではないかと……」

アズハールに小さく笑われ、勘違いをしたと悟ったリアーヌは、咄嗟に両手で顔を覆って項垂れた。

「そのぶんなら、大丈夫そうだな」

安堵したようなため息をもらした彼が、赤茶色の髪に唇を押しつけてくる。

耳をかすめていく吐息や薄絹越しに伝わってくる温もりに、自分が生きていること、そして、愛されていることを実感していく。

「アズハール……ご迷惑をかけて申し訳ありませんでした。助けてくださって、本当にありがとうございます」

リアーヌは居住まいを正し、深く頭を下げた。

あと少しでも彼の到着が遅ければ、自分はどうなっていたかわからない。ガーニムばかりか、手下たちにまで陵辱されていたかもしれないのだ。考えただけで身の毛がよだつ。

「そなたが詫びることはない。すべて俺が悪いのだ」

「けれど……」

「それより、そなたに訊ねたいことがある」

こちら向きに座り直した彼が、神妙な面持ちで見つめてくる。

急にどうしたのだろうかと首を傾げると、膝に置いていた手を取られた。

「そなた、俺が初恋の相手だと言ったな？　それが事実ならば、このうえない幸せなんだが」

向けられる瞳がいつになく熱っぽい。

騙されたと知った腹立ちに言い残した言葉を、アズハールはしっかりと覚えていてくれたようだ。

死ぬまで胸の内を明かすことはないだろうと、つい先日まで思っていた。けれど、彼は自分を愛してくれている。もう黙っている必要はないのだ。

「はい、三年前の式典で初めてお目にかかってから、ずっとお慕いしておりました」

「では、なぜ妃になることを拒んだのだ？　そなたにとって、俺の妃になることは喜びではなかったのか？」

解せないと言いたげに眉根を寄せられ、リアーヌはキュッと唇を噛みしめる。

互いの心がすれ違ってしまったのは、すべて自分のせいだ。白い肌を珍しがっていると勝手に思い込み、見せ物にするつもりだと決めてかかってしまった。

それを正直に話して聞かせるのは少しばかり恥ずかしく、また、彼も気分のいいものではないだろうが、これからの自分たちのためを思い、ありのままに打ち明ける。

「私は白い肌を誰にも褒められたことがなく、馬鹿にされ続けてきました。だから、あなたも同じような目で自分を見ていると……すべてが私の勝手な勘違いだったのです」

はじめは眉根を寄せたままリアーヌの話に耳を傾けていたが、最後には大きなため息をもらした。

「なんと……俺の言葉が足りなかったばかりに……」

伏し目がちに握られている手を見ていたリアーヌは、いきなり両手で彼に抱き締められ、驚きに小さな声をあげる。

「あっ……」

骨が軋《きし》みそうなほどの強い抱擁《ほうよう》に、細い身体が反り返った。

「俺はどれだけそなたに辛い思いをさせてしまったのだろう……すまない……」

肩口に顔を埋めた彼が、きつく抱き締めてくる。

確かに辛い思いはした。けれど、今は幸せしか感じていない。彼の妃としてここにいられることに、喜びを覚えている。

存在すら否定されてきたザファト王国での暮らしすら懐かしめるほど、心は充分すぎるほど満ち足りていた。

「アズハール、愛してます……あなただけを……」

抱き締められる腕の中で身じろぎ、大きな瞳で一心に見つめる。

「今すぐそなたを抱きたい」

言い放つや否や立ち上がったアズハールに軽々と抱き上げられ、リアーヌは寝室へと運ばれていく。

黄金色に塗られた四本の柱に囲まれた、天蓋つきの寝台に横たわらされ、手早くイカールとクーフィーヤを外して上がってきた彼に、纏っているローブの前を開かれる。

柔らかな乳房や茂みを露わにされ、羞恥に白い肌が朱に染まっていく。と同時に、愛を知って初めて身体を繋げる期待に、鼓動が驚くほど速くなってきた。

「なんと美しいんだ」

まるで初めて裸を目にしたかのような彼のつぶやきに、リアーヌはただならない羞恥を覚え、開かれたローブの前を急ぎ重ね合わせる。

けれど、彼は容易く片手で阻止《そし》してきた。改めてローブの前を開かれ、さらには大きく膝を割られる。

「アズハール？」

「恥じらってばかりでなく、少しは大胆に振る舞ったらどうだ？」

困惑の瞳で見上げるリアーヌの両膝を掴み、彼が広げた脚のあいだに入り込んできた。

「きゃっ……」

膝裏に手を滑らせてきたアズハールに脚をグイッと引っ張られ、浮き上がったリアーヌの細い身体が彼の腿に乗り上げる。

「いやっ……」

両の脚をがっしりと抱え込まれ、逃れようにも逃れられずに慌てた。

盛り上がった乳房やなだらかな下腹、さらには秘所まで晒す格好になってしまい、消え入りたいほどの恥ずかしさを覚える。

彼には何度も裸を見られている。そうは言っても、羞恥はそう簡単に消えない。大胆な振る舞いなど、とてもできそうになかった。

「アズハール、恥ずかしい……」

逃れることが叶わないリアーヌは、真っ赤に染まった顔を両手で覆い隠す。

「こんなにも美しいというのに、なぜ恥ずかしがるのだ？　それに、嫌がったところで、ここはもう俺を欲しがっているようだぞ」

「あっ……」

指先で花唇を割られ、下腹が妖しく波打つ。

そのまま蜜口の奥に指を進められ、耳に届いてきたクチュリという淫らな音に、羞恥を煽られた。

「なぜ濡れているんだろうな？」

意地悪な問いを向けてきた彼が、浅い位置で留めた指先を徒に動かしてくる。

蜜口から甘い痺れがさざ波のように広がっていき、リアーヌは敷布を掻きむしりながら身悶えた。

「どんどん溢れてくる」

アズハールの楽しげな声が聞こえてくる。

言葉にさらなる羞恥を煽られた。愛し合っているのだから、躊躇うことなく彼のように行為を楽しめばいい。そうわかっていても、肌を晒して感じている自分を見られていると思うと、どうしても逃げ腰になってしまう。

「なぜそれほどまで恥ずかしがるんだ？」

手の動きが止まり、きつく目を閉じていたリアーヌは、震える睫をゆっくり上げる。

「愛し合うのが嫌なわけではないのだろう？　どのようにすれば羞恥を感じずにすむのか言ってみろ」

脇に片手をついた彼が、高い位置から見下ろしてきた。

互いに心を開いてから初めてする営みなのだから、いやなわけがない。彼と身体を繋げたいと思っている。

けれど、余すところなく彼の目に身体を晒していると、恥ずかしくてたまらない。自分の身体が彼に見えていなければ、羞恥から逃れられるだろうか。

「横になって抱いていただけないでしょうか？」

おずおずと望みを口にしてみると、ひとしきり迷った顔をしたものの、彼は望みを聞き入れてくれた。

「そなたの裸を見る機会はこれから幾らでもあるから、今日は許してやるとするか」

隣に寝そべってきたアズハールはしかたないと笑い、リアーヌが投げ出している脚のあいだに片手を差し入れてくる。

蜜口に溢れている愛液を指先ですくい取り、包皮に覆われている花芽を捕らえてきた。

「あぁ……あ……」

甘酸っぱい痺れがそこで弾け、身体を震わせたリアーヌは彼にしがみつく。

「気持ちいいか？」

耳元で囁いてきた彼が濡れた指先で包皮を捲り、花芽を剝き出しにしてきた。

どこよりも敏感な先端部分を、指の腹で緩やかに撫で回され、強烈な痺れが駆け抜けていく。

快楽を知った身体はアズハールの愛撫を悦び、さらなる愛液を蜜口から溢れさせる。

「そなたのここは小さく可愛い」

甘声で耳をくすぐりながら、硬く尖った花芽を強めに刺激してきた。

「あっ……んんんっ……ん……」

弾け続ける快感に肩が震え、下腹が波打つ。

「ここで先に気をやるか？　そなたが望むとおりにしてやるぞ」

甘く痺れる花芽を、指先でトントンと叩いてきた。

あと少し刺激されれば、身体が蕩けるほどの快感が訪れるだろう。

一度でも味わったらけっして忘れることができない快感に、心が大きく傾いていく。

けれど、それ以上に早く身体を繋げ合いたい思いがあり、リアーヌは熱い吐息が零れる唇を動かす。

「あなたが欲しい……」

かなり小さな声だったにもかかわらず、アズハールの耳にはしっかりと届いたのか、弾かれたように身体を起こすと、嬉しそうに笑って顔を覗き込んできた。

「そなた、なかなかの煽り上手だな」

目を細めている彼が膝立ちになり、ローブ、長衣と立て続けに脱いでいき、ついにはズボンを下ろした。

瞬く間に一糸まとわぬ姿になった彼を、リアーヌは恥じらいながらも見つめてしまう。

これまでは、天を仰ぐ屹立《きつりつ》に恐怖を覚えたものだ。けれど今は違っている。彼に貫かれて満たされたいと、心から望んでいた。

「挿《い》れるぞ」

リアーヌの膝を立て秘所を露わにし、己自身を片手で手早く扱《しご》いた彼が、短く言うなり蜜口に先端を押し当ててくる。

「んっ」

ただならない熱と圧迫感に思わず腰を引いてしまったが、アズハールはかまうことなく腰を押し進めてきた。

「あぁぁ……」

熱い塊を突き立てられながらも、とめどなく溢れてくる愛液に濡れているそこは、痛みの欠片も感じることなく、なんなく彼自身を飲み込んでいく。

「はっ……あぁ」

グイッと腰を押しつけられ、リアーヌの細い身体がずり上がる。

追い縋るように腰を突き出してきた彼が、しっとりと汗に濡れた両の脇を掴んできた。

彼のすべてが自分の中に入っているのを感じる。内側で熱く脈打っているそれは、いつも以上に逞しかった。

「ようやく、そなたとひとつになれた」

静かに身体を重ねてきたアズハールが、首筋にくちづけてくる。

身体を繋げるのは初めてではない。それでも、同じ思いがあったリアーヌは、胸に額を預けて彼の言葉を嚙みしめる。

「この喜びを存分に味わいたい、しばらくこのままでもいいか?」

顔を起こして訊ねてきた彼に、もちろんと柔らかに目を細めてみせると、再び肩口に顔を埋めてきた。

直に触れ合う肌から伝わってくる彼の鼓動に、わけもなく昂揚していき、ただ貫かれているだけだというのに、最奥が甘く疼いている。

この感覚は味わったことがない。アズハールに愛されていると知り、己の思いを伝えることができただけで、こんなにも感じ方が違うのだから不思議なものだ。

「こうしているだけで、身も心も蕩けてしまいそうになる」

彼がもらした吐息混じりの声が首筋をかすめ、全身が甘い痺れに包まれていく。

「アズハール……」

広い背をかき抱いたリアーヌは、己の中に熱い脈動を感じながら、怖いくらいの幸せを感じていた。

第十章　婚礼を前にして

婚礼の日も間近に迫り、〈月の宮〉の居間には仕立て上がった婚礼衣装や、よき日のために誂《あつら》えた装飾品が飾られ、隣国の王族から届けられた祝いの品々が並べられている。

多忙なアズハールはときおりしか姿を見せなかったが、ハレムでの生活はこれまでになく平穏で、リアーヌは婚礼の日を心待ちにしていた。

「姫さま、これからはなんとお呼びすればいいのでしょう?」

暇《ひま》さえあれば婚礼衣装を眺めているサラーサが、絨毯に横座りして茶を飲んでいるリアーヌへ振り返ってくる。

「私のこと?」

「ええ、クライシュ王国の第一夫人になられるのですから、今までのように姫さまと呼んではいけないと思うのです」

彼女は思いのほか真剣な顔をしていた。

最近になってわかったことだが、ハレムには大勢の妃がいるにもかかわらず、彼女たちは名ばかりの妃でしかなく、アズハールはまだ誰も娶っていなかったのだ。

不思議に思って訊ねてみたところ、心から愛せる女性がひとりそばにいればよく、何人もの妻を持つ気はないとのことだった。

一夫多妻が普通ではあるが、ひとりの妻しか持たなかった父王の影響だと教えられた。それゆえ、リアーヌとアズハールの婚礼が、彼が王位に即いてから初めて執り行われる式となる。

彼ははじめから正妃にするつもりで、義姉妹の中から自分を選んでくれていた。右手にはめられた紋章入りの腕輪も、正妃のみに与えられるものだったのだ。

知らずにいたこと、気づかずにいたことがあまりにも多すぎて、悔やまれてならない。

けれど、アズハールの妻は生涯《しょうがい》、自分だけなのだと改めて思うと、喜びもひとしおだ。

よき妻にならなければと、リアーヌは日々、その思いを噛みしめていた。

「名前でいいわよ、リアーヌで」

「では、リアーヌさまと呼ばせていただきますね」

サラーサは素直に受け入れたが、急に違う呼び方をされるとなんだか面映ゆかった。〈月の宮〉に仕えている女官たちは、みな「リアーヌさま」と呼んでいて、これといって気にしたこともないというのにだ。

きっと、妙な感じがしてしまったのは、長年にわたってサラーサから「姫さま」と呼ばれていたからだろう。

とはいえ、他になにも思い浮かばず、自ら提案したリアーヌは、そのうち慣れるだろうと諦めながら茶を啜った。

「リアーヌさま、別宮のお妃さまたちが、お祝いの言葉を申し上げたいと、こちらにいらしておりますが、どういたしましょう?」

音もなく現れた女官長の問いかけに、椀を持つ手を下ろしたリアーヌは、サラーサと顔を見合わせる。

これまで、他の宮で暮らしている妃たちとは、ひとりとして顔を合わせたことがない。

容姿に劣等感があるため人前に出るのを嫌ってきただけでなく、アズハールの夜伽を務める女性と会いたくない思いがあったからだ。

それだけに、急に訪ねてこられて戸惑っている。正妃の座を狙っていたであろう彼女たちが、心からアズハールとの婚姻を祝ってくれるはずもない。

同じハレムで暮らす妃として、建前上、祝いの言葉を述べておくつもりだとしても、彼女たちの胸の内が想像できるだけに、会いたくない気持ちのほうが強くあった。

「お通しして」

女官長に命じたリアーヌは、椀を目の前の盆に戻し、静かに立ち上がる。

わざわざ訪ねてきてくれた妃たちを、さすがに自分の我儘《わがまま》から追い返すわけにもいかないだろう。それに、挨拶に来ただけなのだから、そう長居をするとは思えなかった。

「失礼いたします」

女官長と入れ替わりに、煌《きら》びやかに着飾った妃が次々に現れる。

「あら、噂に違わず美しい」

「西洋の血が混じっていらっしゃるんですってね？　羨《うらや》ましいわぁ」

我先にといった感じで姿を見せた二人の妃が、立ち上がって迎えたリアーヌを目にするなり、馴れ馴れしく声をかけてきた。

「みなさま、お祝いが先ですよ」

続いて入ってきた派手派手しい赤のドレスを纏った妃が、小さな咳払いをして窘めてきた。

「あら、ごめんなさい」

先の二人が顔を見合わせて悪戯っぽく肩をすくめ、澄まし顔で窘めてきた妃に並ぶ。

訪ねてきた妃は総勢六名だった。みなリアーヌより歳上のようだ。

「リアーヌさま、このたびはご成婚、おめでとうございます」

赤のドレスを着た妃は、六名の中で年齢がもっとも高いのか、先頭を切って祝いの言葉を述べてきた。

横に並ぶ妃たちも彼女に続いて次々に婚姻を祝い、全員が揃って深く頭を垂れる。

「ありがとうございます」

礼を言えばそれで終わると思いながら、笑顔で会釈をしたのだが、彼女たちはすぐに帰ろうとはしなかった。

「お祝いの品がありますのよ」

赤いドレスを着た妃が、さりげなく横の妃に目配せをする。

すると、小さな黄金の籠を持った妃が、それをリアーヌに差し出してきた。

「西洋のお菓子でチョコレートと呼ばれているそうですわ」

「リアーヌさまのお口に合うとよろしいんですけど」

「あら、お茶を召し上がっていらっしゃったのね？　ちょうどいいわ、お菓子を食べながら少しお話しをしませんこと？」

敷物の上に置かれたままの盆を目にしたひとりの妃が、図々しくもリアーヌの許可なく腰を下ろす。

「さあ、どうぞ」

改めて差し出された黄金の籠を、胸の内でため息をつきつつ受け取る。

「ありがとうございます」

黄金の籠を手にしたままサラーサに茶の用意を命じようと振り向くと、気が利く彼女はすでに姿を消していた。

「みなさん、早くお座りになって」

先に腰を下ろした妃の無遠慮な声に、彼女たちがそそくさと半円を描くように並んで敷物に座る。

間もなくして茶器を載せた盆を手に戻ってきたサラーサが、彼女たちの前に下ろした。

「よろしければ、みなさまもいかがですか?」

「実は、私たちはもういただいてますの。それはリアーヌさまのお祝いのためにお持ちしたものですから、遠慮なく召し上がっていただいてかまいませんわ」

赤いドレスの妃から両手でどうぞと勧められ、リアーヌは黄金の籠を脇に下ろし、小さくて艶のある黒っぽい球体をひとつ摘み上げた。

サラーサが用意した茶を飲み始めていた妃たちの視線が、チョコレートを手にしたリアーヌに集まる。

いきなり注目を浴びて羞恥を覚えながらも、何食わぬ顔で小さな球体を口に運んだ。

「あら……」

香ばしさと、蜂蜜より強い甘みが口の中いっぱいに広がり、思わず笑みが浮かぶ。

チョコレートはあっという間に溶けてなくなってしまったが、こってりとした甘みがいつまでも口内に残っている。とても魅惑的な甘みで、すぐにまた食べたくなった。

「いかが？　リアーヌさまのお口に合いましたかしら？」

妃たちが興味津々といった顔つきでこちらを見つめてくる。

「これほど美味しいお菓子は初めていただきました」

「気に入っていただけてなによりですわ。もっとたくさん召し上がって」

笑顔で答えたリアーヌに、赤いドレスの妃がさあさあと勧めてくる。

頂き物に立て続けに手を伸ばすのははしたない気がしたが、あまりにも美味しいチョコレートの誘惑に負け、摘み取った新たな一粒を口に入れた。

「なんだか手が止まらないわ……」

リアーヌは言い訳をしながら、またチョコレートを摘み上げる。

「虜になってしまうような味わいでしょう?」

妃の言葉にうなずきながら、三つめの粒を舌に乗せた。

体温で容易く溶けていくチョコレートが舌に心地よく、自然と笑みが零れてくる。

サラーサにもわけてあげたいのだが、妃たちからの頂き物を侍女に譲るのは失礼にあたるだろう。

二粒、三粒を残しておき、彼女たちが宮をあとにしてからサラーサにあげようと思っていたのに、気がつけば最後の一粒を口に入れてしまっていた。

「あら、私ったら……」

空になった黄金の籠を目にしたリアーヌの頬が、恥じらいに赤く染まっていく。

「リアーヌさまに気に入っていただけたようで、お持ちした甲斐がありましたわ」

妖艶に微笑んだ赤いドレスの妃が、手にしている椀を優雅に口元に運び、静かな音を立てて茶を啜る。

「そういえば、陛下の姿を近ごろはお見かけしないのだけど、こちらにはお越しになられているのかしら?」

「いえ、とてもお忙しいようで、私もお目にかかっていないのです」

妃からの問いに平然と答えはしたが、アズハールを話題に出されたリアーヌの心中は、にわかに穏やかでなくなっていた。

彼女たちは長いあいだ、アズハールの夜伽の相手を務めてきた。そして、これからもそれは変わらないはずだ。

アズハールは自分を正妃とし、他の女性は娶らないと言ったが、ハレムが存在するかぎり、たとえ妃たちを愛していなくても宮に通うに違いない。

アズハールを自分ひとりのものにしたいと思うのは、傲慢《ごうまん》な考えだとわかっていても、彼女たちに嫉妬を覚えてしまうのだ。

「お忙しいのでは、しかたないわね。それに、婚礼を控えていらっしゃるリアーヌさまもお忙しい身でしたわね。そろそろお暇《いとま》させていただきますわ」

椀を盆に下ろした赤いドレスの妃が、そそくさと立ち上がる。

「あまりお邪魔をしては失礼ですものね」

右へ倣えとばかりに他の妃たちも腰を上げ、一列に並んでこちらを見下ろしてきた。

「そのままでけっこうですわ」

立とうとしたリアーヌを制してきた赤いドレスの妃が、にこやかに頭を下げる。

「それでは、失礼いたします」

全員が一様に頭を下げ、静々とした歩みで居間をあとにした。

最後のひとりが居間の外に姿を消すまで座ったまま見送り、茶で喉を潤したところで大きく肩を落とす。

「はぁ……なんだか疲れてしまったわ」

身体を起こしているのが辛くて敷物の上に横たわると、客用の茶器を片づけていたサラーサが声をかけてきた。

「姫……あっ、リアーヌさま、お休みになられるなら寝室に行かれたらいかがですか？」

「そうね……」

疲れだけでなく眠気を覚えていることもあり、促されるまま起き上がったリアーヌは、寝室へと足を向ける。

「変ね……」

身体がフワフワしている感じで、足下がなんとも心許ない。

いったいどうしたのだろうかと思いながらも、どうにか寝台まで辿り着き、そのまま身体を投げ出した。

「やけに熱い……」

寝室には大きなアーチ状にくり貫いた窓があり、風が吹き抜けていくというのに、身体が火照ってしかたない。

眠れば収まるだろうと目を閉じると、なぜかアズハールと抱き合い、深く貫かれている己の姿が脳裏に浮かんできた。

「あんっ」

激しく腰を使う彼の下で身悶える自分に同化したかのように、勝手に甘ったるい声がもれ、下腹の奥や花芽がズクンと疼く。

『そなたはここを弄られるのが好きなのだろう？』

脳裏に浮かぶアズハールの囁きが、直に耳元で聞こえた気がして身震いが起きる。

「やっ……」

さらに花芽が熱く疼き、触れたい衝動に駆られて自らドレスを捲り上げて片手を忍ばせた。

「んふっ」

指先で花芽に触れた瞬間、強烈な痺れが駆け抜け、妖しく身を捩る。

自ら触れたことなどないというのに、快感を得てしまったリアーヌはもう手が止まらなくなっていた。

＊＊＊＊＊

「リアーヌはどこだ？」

久しぶりに〈月の宮〉を訪ねてきたアズハールが声をあげると、居間の片づけをしていたサラーサが慌てたように立ち上がり、寝室へと控えめな視線を向けた。

「そのまま続けていいぞ」

彼女に言い残し、自ら寝室へと足を運ぶ。

かねてから予定していた新たな油田発掘のための視察、交易を始める国との交渉、諸外国から訪れてくる貴賓《きひん》と宴の席を設けたりと、王としてやらねばならないことは山ほどあった。

そこに婚礼の打ち合わせが加わり、ここ最近は愛しいリアーヌの顔を見ることすらままならなくなっている。

交易などは宰相《さいしょう》に任せてしまえばいいのだろうが、王位に即く前から交易に携わってきたこともあり、なかなか手が離せないでいるのだ。

「さぞかし寂しい思いをしているだろうな」

申し訳なさを募らせながら歩みを進めていくと、寝室から耳を疑うような声がもれ聞こえ、アズハールはにわかに慌てる。

「リアーヌ？」

眉根を寄せて寝室に足を踏み入れると、そこには驚きの光景が広がっていた。

「はっ……んふ……ぁ」

寝台に横たわっているリアーヌがドレスの裾を腹まで捲り上げ、自ら秘所を弄りながら身悶えているではないか。

「リアーヌ！」

思わず大きな声をあげたが、快楽に溺れている彼女は、まったくこちらに気がつくことなく、しきりに手を動かしている。

長いあいだ放っておいたとはいえ、まだ陽も沈んでいないというのに、彼女が自慰《じい》に耽《ふけ》るとは思えなかった。

「リアーヌ、リアーヌ」

寝台に駆け寄り、目を閉じて一心に秘所を弄っている彼女の頬を軽く叩く。

「アズハール……」

何度か頬を叩かれてようやく目を開けた彼女が、熱っぽく潤んだ瞳を向けてきたかと思うと、アズハールの腕を摑んできた。

「どうしたというのだ？」

彼女はこちらを見上げているが、あきらかに焦点が合っていない。

なにかに浮かされているとしか思えない、虚ろな瞳をしている。

「ここに挿れて……欲しくてたまらないの……」

リアーヌは譫言《うわごと》のようにつぶやきながら、淫らにも足を開いて秘所を露わにし、アズハールの腕を引っ張ってきた。

「あぁ……早く……気持ちよくして……」

ようやく正気ではないと気づき、居間に向けて大声をあげる。

「サラーサ、サラーサ、こちらにきてくれ」

ドレスの裾を乱しているリアーヌの身体を抱き起こし、寝台に腰かけて彼女を膝に座らせ、秘所を弄り続ける華奢な手を無理やり引きはがす。

「やぁ……」

「心配するな、そなたの望むものをすぐに与えてやるから」

焦れたように身じろぐリアーヌをあやしていると、慌てた様子でサラーサが寝室に駆け込んできた。

「お呼びでしょうか？」

「俺が来る前になにがあった？」

入り口で足を止めたサラーサに訊ねつつも、しどけなく首に手を絡めてきたリアーヌの身体をさすってやる。

「お妃さまたちがお祝いの品を持ってお見えになりました」

「祝いの品とは？」

「西洋のお菓子とのことです」

「リアーヌはそれを食べたのか？」

サラーサがコクリとうなずくと同時に、リアーヌの様子がおかしいのは菓子を食べたせいだろうと察した。

「外にイシュルがいる。彼に急ぎサルイートを呼ぶよう伝えてくれ」

「はい」

踵《きびす》を返したサラーサが、パタパタと音を立てて走っていく。

「ねえ、お願い……」

甘ったるい声をもらしたリアーヌに、片手を秘所へと導かれる。

薄絹を重ねたドレスの上からでも、茂みの奥がしっとりと湿っていて、花芽が驚くほど肥大しているのがわかった。

さんざん自慰に耽っていながら、満足できずにいるような状態には、媚薬でも使わなければならないだろう。

しかし、リアーヌが自ら媚薬を手に入れることは難しい。他に考えられるのは、彼女が食べたという西洋の菓子だけだ。

「早く……」

彼女が焦れたように腰を揺らしてくる。

「ああ、わかっている」

片腕に彼女をしっかりと抱き締め、ドレスの裾から入れた手で花芽を弄り始めた。

「んふっ」

気持ちよさそうに尻を揺り動かす彼女の熱い吐息が、アズハールの首をかすめていく。

「陛下、お呼びで？」

声が聞こえてくると同時に、サルイートが息せき切って寝室に入ってきた。

ドレスの中に入れた手でリアーヌを慰めながら、視線を彼に向ける。

「別宮の妃たちから贈られた西洋の菓子を食べてから、リアーヌの様子がおかしい。いますぐ診てくれ」

声高に言い放ち、彼女を抱き留めている手でサルイートを急かす。

大股で歩み寄ってきた彼が目の前で足を止め、リアーヌの顔を覗き込んできた。

「ああっ……もっと……」

サルイートがそこにいることにも気づかないまま、しどけなくこちらに身体を寄せている彼女は、花芽から湧きあがる快感に甘声を漏らし続ける。

「媚薬を使われたのでは？」

「そんなものをリアーヌが自分で使うはずがないだろう！　西洋の菓子が原因としか考えられない」

一刻も早く理由が知りたい思いから声を荒らげると、サルイートが思案気な顔つきでリアーヌを見下ろしてきた。

「失礼します」

そう言うなり屈み込んできた彼が、リアーヌが吐き出す息を小鼻を動かして嗅いだ。

「この匂いは……」

「なんだというんだ？」

心当たりがあるようなつぶやきに詰め寄ると、サルイートが大きなため息をもらした。

「わたくしが調合した媚薬を使われたのではないかと」

「そなたがリアーヌに渡したのか?」

事実ならただではおかないと、怒りに満ちた瞳で彼を見上げる。

「そうではありません。この媚薬は別宮の妃に頼まれて調合したものです」

「別宮の?」

「陛下がお見えにならず退屈しているので、淫らな妄想に浸れる薬を作ってほしいとご要望があり、わたくしが調合しました」

「それがなぜリアーヌ……」

言葉半ばで理由を察し、唇をきつく噛みしめる。

リアーヌを正妃に迎えると発表してから、ハレムの妃たちから不満の声があがっていると報告されていた。

正妃の座を射止めたリアーヌに対する嫉妬から、別宮の妃たちは辱めることを思い立ち、西洋の菓子に媚薬を混ぜたに違いない。

「媚薬ならば、俺が満足するまで慰めてやればいいのだな?」

「本来はそうですが、リアーヌさまは媚薬を大量に取り込まれているようでして、満足するより早く気が触れてしまう可能性が……」

「ならば中和させる薬をいますぐ調合してこい！　そなたが調合した媚薬なのだから責任

を取れ！」

「はっ」

アズハールが怒鳴ると同時に、サルイートは一礼して寝室を出て行く。

ハレムにいれば安全だと思っていた。嫉妬した妃たちがこうした行動に出るとは、予想もしていなかった。

「やめないで……もっと強く……」

手が疎《おろそ》かになっていることに不満の声をあげたリアーヌが、アズハールの手を払いのけてくる。

痺れを切らしたかのようにドレスの裾を大胆に捲り上げ、自らの手を秘所の奥へと差し入れた。

「んふっ」

こちらに寄りかかったまま、あごを反らして鼻にかかった声をもらし、しどけなく身を捩る。

ともにいるときは、もっと大胆に振る舞ってほしいと思っていた。快楽に乱れ、貪欲に求めてくれれば、こちらもそれだけ昂揚するからだ。

しかし、今の彼女には憐れみしか感じない。正気を失い、自らの手で快感を貪る姿を見たかったわけではなかった。

「リアーヌ、俺がしてやる」

彼女を抱き上げて寝台に横たわらせ、纏っているドレスを手早く脱がし、自ら弄れないよう外したクーフィーヤで後ろ手に縛り上げる。

「やぁ……」

両手の自由を奪われたリアーヌが、身をくねらせながら足をジタバタとさせてきた。

ほんの少しでも刺激が途切れてしまうと、耐えられなくなってしまうようだ。

彼女の気が触れる前にサルイートが中和薬を調合してくれるのを祈りつつ、熱く疼いているであろう身体を慰めてやるしかない。

「少しの辛抱だ」

優しく宥めたアズハールは、リアーヌの身体を反転させ、腰を高く引き上げる。

獣のような姿にさせられても、今の彼女は嫌がりもしない。そればかりか、急かすように尻を振ってくる。

ズボンを脱ぎ捨て、長衣を捲り上げて己を片手で手早く扱き、溢れる愛液でぬらぬらと光っている蜜口に先端をあてがう。

「はぁ……」

待ちかねたように吐息をもらした彼女を、一気に腰を進めて貫く。

「んふっ」

彼女が背を弓なりに反らし、汗にまみれた細い身体を震わせる。

どれほどの荒っぽい真似にも、彼女は抵抗しそうにない。

白い尻を両手で摑んで大きく左右に割り、勢いよく突き上げていく。

下腹が尻にぶつかり、派手な音を立てる。腰を使うたびに彼女が前のめりになるが、尻を摑む手で引き戻し、最奥を硬く張り詰めた先端で抉《えぐ》るように突いた。

「ひ……っんん……」

抽挿を止めることなく、前に回した手で花芽を弄ってやると、愛液に濡れた蜜口がキュウと締まる。

怒張の根本を締めつけられるたまらない刺激に、己自身がさらなる力を漲らせた。このまま勢いに任せて達してしまいたくなる。

しかし、サルイートが中和薬を持って戻るまで、彼女は自分を求め続けてくるはずだと自らに言い聞かせ、高まってきた射精感を抑え込む。

「あぁ……はっ……あん、んふっ……んっ……」

リアーヌがひっきりなしにあげる嬌声に、サルイートの言葉が脳裏に蘇ってくる。

『満足するより早く気が触れてしまう可能性が……』

ようやく身も心も手に入れたというのに、彼女の気が触れてしまうようなことがあってはならない。幸せにすると、彼女に誓ったのだ。なんとしてでも、正気に返らせる。

「早く戻って来い……」

届くかもわからない念をサルイートに飛ばしながら、アズハールは快楽に翻弄されて乱れ喘ぐリアーヌを、幾度も幾度も突き上げていた。

＊＊＊＊

脱力した身体を抱き留めてくれているアズハールの腕の中で、リアーヌは深く静かな呼吸を繰り返している。

先ほどから感じているのは、花芽の甘い痺れと、最奥の小さな疼きだ。これは間違いなく達した直後に訪れる感覚なのだが、彼と身体を繋げた記憶がない。

身体に残る覚えのない余韻、そして、薄絹のローブを羽織った姿で、知らぬ間に彼に抱かれていたことに、戸惑いを覚えていた。

「少し水を飲むといい」

重ねた枕に寄りかかって座っている彼が、サラーサが持つ盆から深さのある杯を取り上げ、リアーヌの口元に運んでくる。

張り付いてしまいそうなほど喉が渇いていたこともあり、素直に唇を杯の縁に寄せる。

コクン、コクンと水を飲んでいくあいだ、彼は水が零れないように注意を払いながら、杯を傾けてくれていた。

「ふぅ」

リアーヌが満足して小さな息を吐き出すと、杯を盆に戻したアズハールが、片手を振ってサラーサを下がらせる。

「大丈夫か？」

唇の端から零れた水を指先で拭《ぬぐ》ってくれた彼が、優しく髪を撫でてくれた。

「あの……私は……」

喉が潤ったところで口を開いたものの、どう訊ねていいのか見当がつかず、リアーヌは困り顔で彼を見つめる。

「そなたは妃たちに媚薬を盛られた」

あまりにも唐突すぎる説明に、小首を傾げて睫を瞬かせた。

「西洋の菓子を食べただろう？　あれに媚薬が忍ばせてあったばかりか、少量で効き目がある媚薬が入った菓子を、そなたはすべて食べてしまったために、自分を見失うほど乱れてしまったのだ」

「嘘っ……」

「サルイートが中和薬を調合してくれたので、そなたもどうにかおとなしくなったが、それまでは手に負えない状態だった」

苦々しく笑ったアズハールが、大きなため息をもらす。

妃たちが帰ったあと、寝台に横たわったところまでしか覚えていない。あれからどれほどの時間が過ぎたのか知らないが、そのあいだずっと乱れていたと言われても、にわかには信じられなかった。

けれど、彼の深刻な顔つきからして、かなりひどい状態にあったことが察せられる。

自分の振る舞いを記憶していないだけに、リアーヌはただならない羞恥を覚えた。

「ハレムにいればそなたは安全と考えていた俺が愚かだった。苦しい思いをさせてすまなかったな……」

髪を撫でていた手で、頭をそっと抱き寄せられる。

「ごめんなさい……私が調子に乗って食べてしまったばかりに……」

「知らなかったのだからしかたのないことだ、そなたは詫びたりするな」

「でも……」

動きかけた唇を、彼が指先で押さえてきた。

「妻はひとりでいいのだから、そなたを正妃にすると決めた時点で、ハレムを解体しておくべきだったのだ」

唇を押さえられているリアーヌは、黙って驚きに目を瞠る。

「夜が明けたらハレムの解体を命じることにする」

さらなる驚きの言葉に、唇を押さえる彼の指先から逃れ、素朴な疑問を口にした。

「妃たちはどうなるのですか?」

「望む場所に家を与え、不自由なく暮らせるだけの金を持たせる」

ただハレムを放り出すような真似はしないと、アズハールが柔らかに微笑んで安心させてくれる。

「よかった……」

媚薬を盛ったという妃たちに怒りを感じないわけではない。ただ、同じ女性として彼女たちの行く末が気になってしまっただけに、彼の恩情に安堵した。

「それから、そなたの住まいを宮殿に移す」

「えっ？」

「そなたとは夫婦になるのだから、ともに暮らすべきだろう？」

「嬉しい」

リアーヌは喜びの声をあげ、思いの丈を込めて彼に抱きつく。

アズハールと愛し合っているだけでも幸せだというのに、これからは他の妃たちに嫉妬を覚えることもなく、彼と二人だけで暮らしていけるのだ。

「アズハール、嬉しい……」

しがみつくリアーヌの瞳から、嬉し涙がとめどなく溢れてくる。

かつて喜びにこんなにも涙したことがあっただろうか。幸せすぎて、逆に不安を覚えてしまうくらいだ。

「幾度となく苦しい思いをさせてしまった。もう二度とそなたを苦しめないと誓う」

きっぱりと言い切った彼が、唇を重ねてきた。

「んっ」

喜びに疲労感が一気に吹き飛び、甘いくちづけに酔いしれる。

「そなたを休ませてやるつもりだったが、できそうになくなった」

唇を離して言った彼が、笑いながら組み伏せてきた。

「私も……」

思わず口にして赤面してしまう。

「そなたは可愛すぎる」

嬉しそうに目を細めた彼に、再び唇を奪われる。

躊躇うことなく両手をアズハールの首に絡めたリアーヌは、飽くことなく唇を貪ってくる彼に、いつまでも応えていた。

第十二章　花嫁は永遠に愛されて

ついに迎えた婚礼の日、クライシュ王国の中心に建つタシル神殿はかつてない熱気に包まれている。

晴れの日のために仕立てた艶やかな婚礼衣装に身を包んだリアーヌは、純白の盛装をしたアズハールの腕を取り、神殿の広場に敷かれた真っ赤な敷物の上を歩いていた。

赤茶色の長い髪に煌めく宝石を散りばめた黄金の髪飾りをつけ、宝石の縁飾りが施された金色の薄いフェイスベールで顔を覆っている。

高い襟がついた長袖のドレスも金色の絹地で仕立ててあった。胸のすぐ下で切り替えてあり、足下に向けて優雅に波打ちながら広がっている。

袖口は大きく開いていて、指先を隠すほどの長さがあり、光り輝く金色のドレスを纏ったリアーヌは、白い肌はほとんど見えない状態に近い。

けれど、これは異国の血が混じっていることの証である白い肌を隠すためではなく、女性は近親者以外に顔や肌を晒してはいけないという風習によるものだ。

純白の盛装をしているアズハールもまた、黄金の装飾品で首元や腰を飾っていた。

腰に幾重にも巻いている黄金のベルトには、繊細な彫金を施した黄金の鞘があり、そこには特別な儀式のときにのみ使用するという短刀が差してある。

短刀の柄には、無数のダイヤモンドによって紋章が描かれ、中央に見たこともないほど大きなエメラルドがはめ込まれていた。

「震えているようだが？」

リアーヌが添えている手に、柔らかな微笑みを浮かべるアズハールが、大きな手をそっと重ねてくる。

「少し緊張してしまって……」

正直に答えながらも、大丈夫だと笑って見せた。

婚姻の契約は礼拝所において、二人だけで執り行われることになっていて、すでに誓いを立ててきた。

参列者がいないだけでなく、ようやくアズハールの妻になれた喜びしかなく、自分でも驚くほど緊張しなかった。

それが今になって身体が震えてきたのは、広場で新郎新婦の登場を待つ大勢の民衆の前に出て行かなければならないからだ。

本来、王族の婚礼が公《おおやけ》に行われることはない。たとえ国王であってもそれは同じで、民衆にはのちに伝えられるのだ。

しかし、アズハールは自ら正妃を民衆に紹介したいと言ってきかず、このような事態になっていた。

広場の中央に高い壇場が設けられていて、リアーヌたちが歩く真っ赤な敷物はそこに続いている。

半円形の壇場の周りを取り囲む数え切れないほどの人々の視線のすべてが、婚礼衣装に身を包んだ二人に向けられていた。

ハレムで生まれ育ったリアーヌは、民衆の前に立ったことなどない。己の白い肌を恥じてきただけに、人の目が怖くてたまらない。

それに加えて、異国の血が混じる自分が、正妃として民衆に受け入れてもらえるかどうかが不安でしかたないのだ。

礼拝所を出た瞬間に起きたどよめきは、二人が壇場に近づくにつれて大きくなり、高い塀に囲まれている神殿の広場全体に響いていた。

「足下に気をつけるんだぞ」

壇場に続く階段を前に耳打ちしてきたアズハールに手を取られ、リアーヌは一歩ずつ慎重に足を進めていく。

「あっ……」

階段を上りきった先に広がった光景に、思わず小さな声をもらしていた。

広い壇上が純白の薔薇《ばら》で足の踏み場もないくらいに埋め尽くされていたのだ。

「とても綺麗……」

甘い香りを漂わせる大量の薔薇に見とれていると、民衆から急に大歓声があがる。

驚きにピクッと肩を震わせながらも、おずおずと正面に目を向けると、大勢の人々が手にした赤い布を振っていた。

アズハールに手を取られて歩いていたリアーヌは、気がつかぬまに壇上の中央まで来ていたのだ。

ようやく全貌を現した新郎新婦に興奮した人々が、手を大きく振りながら叫んでいる。

それは、広場の空気を揺るがすほどに大きかった。

「アズハール……」

耳が痛くなるような大歓声に怯んだリアーヌを、アズハールが優しく肩を抱き寄せてくれる。

これは民衆に対するただのお披露目であり、特別な催しがあるわけではないと彼に言われていた。

とはいえ、黙って壇上に立っているだけでいいのだろうかと、不安が募ってくる。

注目を浴びる恥ずかしさに真っ直ぐ前を見ていることもできず、伏し目がちに身体を震わせていた。

「リアーヌ王妃――」

歓声に混じって聞こえてきた自分の名前に、リアーヌはハッと目を見開く。

耳を澄ましてみれば、あちらこちらから王妃と呼ぶ声があがっている。

この国の人々に受け入れてもらえたのだと思うと嬉しくてたまらず、胸に熱いものが込み上げてきた。

クライシュ王国の民たちは、国王であるアズハールに絶大な信頼を寄せていると聞いている。

彼の婚姻を心から祝福すると同時に、正妃となった自分を受け入れてくれた民衆を前に、妻としてできる限りのことをしなければと改めて心に強く思う。

と、そのとき、アズハールが短刀を引き抜き、空に向けて高く突き上げた。騒然としていた広場が一瞬にして静寂に包まれる。

「ようやく我が国にも王妃が誕生した。こうして集まり、祝ってくれたみなに感謝する」

広場に声を響かせたアズハールが短刀を鞘に納めると、静まっていた民衆からまたしても大きな歓声があがった。

いつになく威風堂々とした彼の姿を、リアーヌは涙が浮かぶ瞳で一心に見つめる。

「リアーヌ、手くらい振ったらどうだ？」

「えっ？」

「みなが俺たちのことを祝ってくれているんだ。正妃らしく胸を張って手を振ってみろ」

最初は目を丸くしていたリアーヌも、彼に促されるまま民衆に向けて片手を振る。

それに応えるように、民衆が赤い布を持つ手を大きく振ってきた。

嬉しさのあまり、一気に涙が溢れてくる。

「どうした？」

顔を寄せてきたアズハールに訊ねられ、リアーヌは涙を流しながら目を細めた。

「私……嬉しくて……」

「幸せか？」

力強く肩を抱き寄せてくれた彼に、何度もコクコクとうなずき返す。

幸せの絶頂にあるとは、まさに今を言うのだろう。湧きあがってくる喜びに、涙が止まらなかった。

「きゃっ」

なんの前触れもなく彼に抱き上げられ、咄嗟に両手でしがみつく。

たったそれだけのことに、これまで以上の歓声があがり、割れんばかりの拍手が湧き起こった。

「さあ、いくぞ」

そう言った彼がリアーヌを抱き上げたまま壇上を降りていく。

歓声と拍手に包まれる中、抱き上げられて歩く恥ずかしさに身を縮めながらも、リアーヌはこの日をしっかり心に留めておこうと思っていた。

＊＊＊＊＊

神殿の広場でのお披露目を終えて宮殿に戻ってきたリアーヌは、休む間もなく招待客を集めた大広間にアズハールとともに姿を現した。

民衆の次は招待客へのお披露目だ。各国から駆けつけてくれた客たちは、王族や貴族ばかりで、より重要なお披露目の場となる。

宴の前の挨拶が始まり、アズハールと二人で客たちのあいだを回っていると、ザファト王国で暮らす義姉妹たちが歩み寄ってきた。

リアーヌはあまり顔を合わせたくなかったのだが、婚礼に親族を招かないわけにはいかないと言うアズハールに渋々ながら従い、招待状を送っていたのだ。

「リアーヌ、おめでとう」

ミルディナが真っ先に声をかけてきた。

「まさかあなたがアズハール陛下の正妃になるなんて、思ってもいなかったわ。白い肌をしていても正妃になれるものなのねぇ」

祝福の言葉のあとに続いた嫌みに、心から祝うつもりがないようだと知り、リアーヌは悲しい気持ちになったが、さすがに顔には出さず我慢する。

ザファト王国のハレムでは、出自や肌の色についていやと言うほど馬鹿にされてきた。

けれど、クライシュ王国に来てからは、誰ひとりとして言及してきていない。

アズハールが前もって触れないように命じていたのかと思っていたが、西洋との交流があるこの国の人々はみな肌の色など気にしていないのだ。

母親が自害などせず、父王が憎しみを抱かなければ、王宮の人々の接し方も違っていたのかもしれないが、いまだに嫌みを口にしてくる彼女には、もう悲しみしか感じなくなっている。

「いったいどんな手を使って正妃の座を射止めたのかしら」

そう言ったサーティがミルディナと顔を見合わせると、隣の客と言葉を交わしていたアズハールが急にこちらを振り返ってきた。

「そなたたち、クライシュ王国の王妃を侮辱してただですむと思っているのか？」

彼の不機嫌な口調にミルディナたちが頬を引き攣《つ》らせる。

「そもそも心が清らかであれば、流れる血や肌の色など関係ないのだ。そなたたちのような濁った心の持ち主は、どこを探してももらい手がないだろう」

そう言って彼女たちを一瞥すると、アズハールがこちらに視線を向けてきた。

「そなたに紹介したい、大事な客人が来ているのだ」

腕を取ってきた彼に、強引に引っ張っていかれる。

「あれでは少し言いすぎだと思います」

彼に足並みを揃えながらも、咎めるような視線を向けた。

妻を侮辱された怒りだけでなく、こちらを庇《かば》ってくれたのだとわかるが、あまりにもひどい言いように感じられたのだ。

「彼女たちにそなたを侮辱する権利はない。ああいう連中には、一度、きつく言っておいたほうがいいのだ」

「それでも、他に言いようがあるかと」

「そなたを悲しませたり、不愉快にさせたりする輩《やから》は許し難い。誰であっても、俺は黙っていないぞ」

これだけは譲れないとばかりに厳しい顔つきで言ってのけたかと思うと、急に唇を首筋に押しつけてきた。

「そなたを愛するがゆえだ、大目にみてくれ」

柔らかに微笑んだ彼が、熱い眼差しを向けてくる。

面と向かって自分のためと断言されてしまえば、リアーヌもこれ以上、なにも言えず、笑うしかない。

「さて、早めに宴の席に移れるよう、急いで挨拶を終えよう」

どこか急いた様子のアズハールを見上げ、軽く首を傾げてみせる。

「ここで言わすのか?」

「えっ?」

意味がわからなくて睫を瞬かせると、彼がわずかに屈み込んで顔を寄せてきた。

「婚礼の喜びに胸を弾ませているそなたを、一刻も早く抱きたいからだ」

熱い吐息混じりの声で耳打ちされ、リアーヌは真っ赤に頬を染める。

「そなたも同じ気持ちならば嬉しいのだが?」

さらなる囁きに、顔を赤らめたままコクリとうなずき返す。

アズハールがただそばにいてくれるだけで嬉しい。こうして身を寄せ合っているだけで幸せを感じる。

けれど、身体を繋げ合う行為には、特別な喜びがあった。まさに、愛する彼と身も心もひとつになっていることを実感できる瞬間なのだ。

許されるならば、すぐにでも寝室にいって彼と抱き合いたい。それくらい、強く彼を欲していた。

「宴の席を途中で抜け出す手もあるな」

同意を得られたことで調子に乗ったアズハールを、大きな瞳で睨みつける。

「私は正妃としての務めを最後まで果たしたいと思っています。なにより、お祝いに駆け

つけてくださったみなさまに、きちんと感謝の意を示してこそクライシュ王国の国王ではありませんか？」

いつもとは異なる口調に、彼が目を丸くした。

「急にどうしたのだ？」

「私はあなたの正妃として、いえ、クライシュ王国の王妃として生きていく決意を固めたのです。ですから……」

「なるほど、務めを果たさず快楽になど耽ってはいられないということだな」

すべてを語る前に察してくれたアズハールをしっかりと見据え、リアーヌは大きくうなずく。

「なんとも頼もしいものだ」

嬉しそうに笑った彼が、抱き寄せてきた手で腰を軽く叩いてきた。

「では、ともに務めを果たそう」

「はい」

微笑みを返したリアーヌは、彼とともに歩みを進める。

添い遂げる誓いを立てたのだから、自分たちに時間はいくらでもあり、焦る必要など少しもない。

祝ってくれる人々にまずは感謝の意を伝え、そして、宴の席で彼と二人で最高のもてなしをする。

それらを終えてからでも、充分に彼と愛し合えるのだ。

堂々としたアズハールに寄り添うリアーヌは、艶やかな金色の婚礼衣装を纏ったその身を正し、胸を張って歩いていた。

あとがき

みなさまこんにちは、伊郷《いごう》ルウです。

このたびは『灼熱愛《しゃくねつあい》　美しき姫は砂漠に乱れ舞う』をお手に取ってくださり、ありがとうございました。

ティアラ文庫も早いもので四冊目となります。その記念すべき（？）四冊目は、アラブが舞台となっております。

既刊に『アラブ海賊と囚われの王女』という作品があるのですが、今回は時代がもう少し現代寄りです。

内容については、簡単に言ってしまうと、幾つもの油田を持つ金満大国の王が、ハレムでヒロインとエロエロするお話です（身も蓋《ふた》もない……）。

ティアラ文庫は他の乙女向けレーベルに比べてエロが濃いのですが、本作のエロ度は当社比で言いますと百五十パーセントくらいでしょうか。

これまで以上に、乙女心を盛り盛り、エロも盛り盛りを目指してみましたが、結果は如何に……。

登場人物に関しましては、これまで書いてきた大人なヒーローとは異なり、今回のヒーローは言葉足らずの苛めっ子キャラです。

好きな子に素っ気なくされて、つい苛めてしまうというよくあるパターンですが、私の書くキャラとしては珍しいかも。

最初から好きだと告白すればいいのに、素直に言えないばかりに拗《こじ》れていきますが、基本は純愛なのでご安心ください。

ヒロインも王女でありながら可哀相な出自という、私の作品の中では変わり種と言えそうです。

そして、アラブが舞台ではありますが、あちらは宗教がらみの御法度要素が多すぎるため、無宗教に近い状態になっています。あくまでもファンタジーな世界としてお楽しみください。

最後になりましたが、イラストを担当してくださいました城之内《じょうの うち》寧々《ねね》先生には、心よりの御礼を申し上げます。

素敵なヒーローと艶っぽいヒロインに心躍りました。お忙しい中、本当にありがとうございました。

二〇一三年　夏

伊郷ルウ

オフィシャルブログ〈アルカロイドクラブ〉……http://alkaloidclub.web.fc2.com/

Tiara Label

灼熱愛《しゃくねつあい》

ティアラ文庫をお買いあげいただき、ありがとうございます。
この作品を読んでのご意見・ご感想をお待ちしております。

✦ ファンレターの宛先 ✦

〒102-0072　東京都千代田区飯田橋3-3-1
プランタン出版　ティアラ文庫編集部気付
伊郷ルウ先生係／城之内寧々先生係

ティアラ文庫WEBサイト
http://www.tiarabunko.jp/

著者——伊郷ルウ（いごう　るう）
挿絵——城之内寧々（じょうのうち　ねね）
発行——プランタン出版
発売——フランス書院
〒102-0072　東京都千代田区飯田橋3-3-1
電話（営業）03-5226-5744
（編集）03-5226-5742
印刷——誠宏印刷
製本——若林製本工場

ISBN978-4-8296-6665-4 C0193

Tiara Label ティアラ文庫

Tia6579

♥ 好評発売中! ♥

ティアラ文庫

Tia6664

♥ 好評発売中! ♥

原稿大募集

ティアラ文庫では、乙女のためのエンターテイメント小説を募集しております。
優秀な作品は当社より文庫として刊行いたします。
また、将来性のある方には編集者が担当につき、デビューまでご指導します。

募集作品

H描写のある乙女向けのオリジナル小説（二次創作は不可）。
商業誌未発表であれば同人誌・インターネット等で発表済みの作品でも結構です。

応募資格

年齢・性別は問いません。アマチュアの方はもちろん、
他誌掲載経験者やシナリオ経験者などプロも歓迎。
（応募の秘密は厳守いたします）

応募規定

☆枚数は400字詰め原稿用紙換算200枚～400枚
☆タイトル・氏名（ペンネーム）・郵便番号・住所・年齢・職業・電話番号・
メールアドレスを明記した別紙を添付してください。
また他の商業メディアで小説・シナリオ等の経験がある方は、
手がけた作品を明記してください。
☆400～800字程度のあらすじを書いた別紙を添付してください。
☆必ず印刷したものをお送りください。
CD-Rなどデータのみの投稿はお断りいたします。

注意事項

☆原稿は返却いたしません。あらかじめご了承ください。
☆応募方法は郵送に限ります。
☆採用された方のみ担当者よりご連絡いたします。

原稿送り先

〒102-0072　東京都千代田区飯田橋3-3-1
プランタン出版「ティアラ文庫・作品募集」係

お問い合わせ先

03-5226-5742　　プランタン出版編集部